O ABISMO
romance

| VOLUME 2 |

MAFRA CARBONIERI
[Academia Paulista de Letras]

O ABISMO
romance

CARBONIERI, Mafra. O abismo - vol II : romance.
São Paulo: Reformatório, 2022.

Editores
Marcelo Nocelli
Rennan Martens

Projeto e Edição gráfica
C Design Digital

Revisão
Tatiana Lopes

Capa
O jardim das delícias terrenas © Hieronymus Bosch

Foto do autor
© Marcio Scavone

Imagens Internas
© Hieronymus Bosch

Dados Internacionais de Catalogação na Publicação (CIP)
Bibliotecária Juliana Farias Motta (CRB7/5880)

C264a Carbonieri, Mafra, 1935-

O abismo - vol II : romance / Mafra Carbonieri. -- São Paulo: Reformatório, 2022.
252 p.: 14x21cm

ISBN: 978-65-88091-60-9

"Autor vinculado à Academia Paulista de Letras"

1. Romance brasileiro. I. Título: romance

CDD B869.3

Índice para catálogo sistemático:
1. Romance brasileiro

Todos os direitos desta edição reservados à:
EDITORA REFORMATÓRIO
www.reformatorio.com.br

Para Annita e Hermínio

SUMÁRIO

Os escritores **15**

Rua Costa Leite 20

Bilhete....................23

A catedral submersa....................24

Bilhete....................26

Os Casadei....................27

Bilhetes trocados....................31

Ponte do Cavalo Morto....................33

Garoa....................39

O povo de Maria Adelaide 41

Klaus Spitzer....................44

Deixe que eu benzo 47

Orate....................49

Água de cantil....................55

Clube 24 de Maio....................56

O retrato inacabado....................60

Noticiário....................62

As moscas **65**

Bastardos 69

Aleluia 72

O profeta 86

O sacristão 93

O médico 96

Ariel Rettmann 100

Imersão no escuro 109

Fronteiras internas 111

Terapia 115

A dança do diabo 124

A carne humana 132

Orso Cremonesi **135**

Os retratos do Salão Nobre 143

O escultor 148

Ódio 150

A beleza ultrajada 154

Locus delicti 156

As três versões da verdade 159

Orontes Javorski 166

Carta 170

O negro Fídias **175**

As culpas antigas 178

O psicopata 180

O livro de Ester 183

Adélia Calônego 186

Bepo Campolongo 190

Véu negro 193

O guerrilheiro 195

Os Balarim **203**

O casamento **223**

Roque Rocha **235**

Os imigrantes **245**

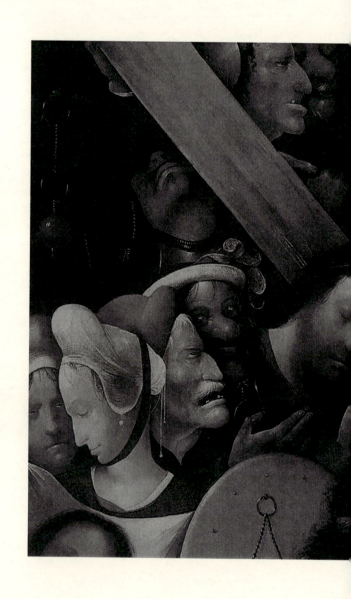

O ABISMO
PARTE 2

Não respire.
Este ar não mais lhe pertence.
Não toque o rosto nesta fonte
(não é a mesma água de ontem).

Não morra.
Você não tem onde cair morto.
Não se esconda.
Você não tem de onde sair torto.
Não cante no cais da espera.
Os que ficam estão surdos
(como o mármore e a hera).

MALAVOLTA CASADEI

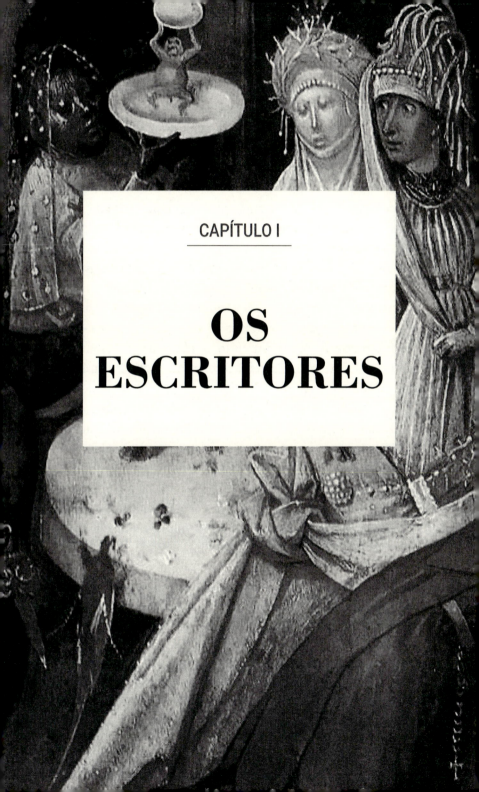

CAPÍTULO I

OS ESCRITORES

Santana Velha, 1950. Aos quinze anos somos gênios e escritores. Compreendemos que nessa idade o único maniqueísmo defensável é dum lado os escritores e de outro os idiotas. A página em branco nos convida a conspurcá-la. Deus tratou o caos de modo semelhante e criou isso, com visões barrocas. Meu nome é Paulo de Tarso Vaz Vendramini. As ruínas, surpreendidas em sua tragédia, como as do Coliseu ou as da moralidade, já faziam parte do projeto divino? Meu nome é Miguel Carlos Malavolta Casadei. Gostamos muito do Centro Cultural, que resistirá ao incêndio do Espéria, e das meninas na aula de educação física. Elas desprezam com piedade ou insolência a sedução de nossa febre. Malditos sejam os alunos mais velhos. Um de Studebaker e mitenes. Vários de cigarro e Ray-Ban. Uns passam o pente no cabelo empastado. Outros forçam os ombros para frente e levantam na nuca a gola da camisa. As gurias apertam contra a blusa os cadernos de borrão. Bebemos Coca-Cola. Perdoai. Se existe algum contraste entre o mundo e o teatro, não sabemos. A cada minuto, representamos o nosso espanto. Olhem as coxas da Denise. Como cresceu a Marisa! Aquilo na blusa da Olga são os peitos? O traseiro da Helena Galvão Ruiz não é o mesmo do ano passado. Estudemos com atenção as pernas de Antonieta Saboia e Selene Teresinha Soalheiro de Carvalho.

Prendam o Malavolta. Furem os olhos do Malavolta. Não olhem as pernas da Selene, protesta com ironia Miguel Carlos Malavolta Casadei. Não olhamos.

Não olhamos. Mas são lindas. Rindo, e deixando-se absorver pelo bando, Malavolta enfrenta a rejeição de Selene.

Somos parecidos, embora eu seja mais atraente. Um pensa isso de si mesmo e do outro, enquanto Pedro Ferrari, só dois anos mais velho, senta-se com Helena Galvão Ruiz no rebordo do lago, em torno e na água a aragem de março, contra o céu a copa dos faveiros e as torres da Catedral. Eu descrevo a Helena, e você o Pedro, adianta-se Malavolta. Com uma algazarra, estoura o som duma bola de vôlei no Tênis Clube. Senhor, Paulo de Tarso Vaz Vendramini refugia-se na oração, se existe Debra Paget, eu ainda não pequei. Dai-me a oportunidade e o merecimento do remorso. Depois, pisa numa aranha de jardim e examina os restos na sola. Sentimos inveja de Pedro Ferrari.

Você matou um inseto, reclama com ternura Helena Galvão Ruiz, e Vendramini desmaia por dentro. Usamos Glostora e pomada Minâncora. Onde está a aranha? Tentaremos a respiração boca a boca, sugere Miguel Carlos Malavolta Casadei. A pandorga de duas cores, de orelhas e vareta vergada, no alto de junho, agita-se na medida de nosso orgulho. Pouco o vento, a linha desenha uma barriga. Vamos embora na bicicleta Philips, aro 28, com Steinbeck e Faulkner no bagageiro. Exigimos que esteja bem passado o nosso uniforme do ginásio, espartano e militar, de brim cáqui, o friso azul na calça, as quatro estrelas azuis na manga esquerda da túnica e os quatro botões pretos. Nosso escárnio lança o ridículo sobre a farda de gala do Diocesano: o talabarte e o cinturão sobre a túnica branca: o quepe: os galões: os alamares: e as meninas gostam: mesmo as de óculos e espinhas: só pode ser patriotismo. Porém, a fanfarra do Diocesano toca mais forte, com um brilho mais viril, concedemos isso. Nada nos custa a justiça cômoda e displicente. *Sou cristão e de o ser me glorio.* Divino Salvador, abençoai-me ainda que em sonho com as graças de Lollobrigida ou Bardot. Não discuto a penitência.

Inconscientemente, apenas aguardamos a vinda de James Dean para no Bar Colosso, com repugnância pela vida e suas empadas, beber o leite no gargalo da garrafa e erguer a saia de Natalie Wood. Após o que, escondendo os olhos nas abas dum chapéu texano, apoiar as botinas na toalha da mesa. Milk for all. O meu escândalo se confunde com a admiração dos outros. Depois das aulas, no edifício republicano e amarelo da Escola Normal Cardoso de Almeida, formamos com a tropa na escadaria para o pátio, aos gritos, e através do portão de ferro invadimos a Praça Martinho. As pedras do calçamento faíscam sob o impacto das solas ferradas. As meninas afluem pelo outro portão, junto a um velho pinheiro. De repente, a tarde amplia ao longo dos telhados as cordas de Sergei Rachmaninoff. O inspetor Alvarenga, de bigodes mastigáveis, põe a salvo a autoridade atrás do pilar. Baixo e bronco, ajusta o cadeado no ferrolho. "Comigo é no pau da goiaba", ele robustece o ânimo com essa frase. "Até amanhã, demônios", outra frase.

Já o Major, o outro inspetor, compõe a estatura no

terno protestante e oculta as mãos atrás do paletó. Quando ninguém espera, une os calcanhares e bate continência. Surgem os cerzidos e as descosturas da pobreza, na pose e na fadiga. O Major esteve na Revolução de 32 e não se importa com a disciplina. No jardim da Praça Rubião Júnior, circundando o prédio cinzento dos Correios e Telégrafos, paramos num banco para rir dos professores e dos livros encapados. Continuamos pela Avenida Dom Lúcio. Aqui a Cadeia. Lá a Misericórdia. Os cabelos escuros, caindo pelos ombros, os olhos castanhos e defensivos, a pasta a tiracolo, Selene Teresinha Soalheiro de Carvalho segue devagar para o Largo do Rosário. Na travessa da Tonico de Barros, à esquerda, não se volta e não altera o passo. Desaparece. E desaparece.

RUA COSTA LEITE

Tímido, ou meigo, com secretas apreensões no olhar, um seminarista ruivo e oblíquo nos ensina no catecismo o sentido da castidade. Temos a informação de que após a sua perda ou arranhadura na Rua Costa Leite devemos mijar com fé e esfregar no pau, do campanário ao subsolo, qualquer pasta de dente. Por isso, com ansiedade e esperança, sempre carregamos na bolsa, bem no fundo, um tubo de Kolynos. Enquanto só conhecemos o pecado pelo tormento da espera, aderimos ao estilo Jean Sablon: a camisa para fora da calça: não no cinema: não na igreja: não na Escola Normal: mas no rinque de patinação do Espéria: no footing da Rua Amando: no Bosque: na calçada do Barbim: na portaria do Hotel Glória.

Também no Volga, naturalmente, onde Mazé, tenra e farta, com a piteira de osso entre os dedos, aperta-se num vestido de cetim negro e ostenta vidrilhos pelas espáduas. A nudez que sobra é imensa. Em pé, alisando as ancas, aquela mulher não tem salto no sapato, mas pedestal. A boate ainda não abriu. Estaremos dormindo quando abrir. Há um garçom em trânsito com uma bandeja de frios. Os peitos de Mazé pulsam em nossas mãos, dentro dos bolsos. Paira um bolero sobre os becos urinados da Rua Costa Leite. A parede se acende, Volga, e debaixo do toldo espiamos Mazé pela vidraça de caixilhos vermelhos. Paulo de Tarso Vaz Vendramini suspira fundo. Deus criou a Mazé depois do descanso dominical. Malavolta adverte. Não exagere as diferenças entre uma puta e outra. Bernard Shaw.

Bernard Shaw disse isso?

Não exatamente. Mas na porta dum bordel, ouvindo a argumentação de maracas e agogôs, quem me contestaria?

Folgada, e encobrindo a cinta, a blusa quase disfarça a impaciência da braguilha. Boiam os desejos no rio da noite. A luz de cálcio, em fila até o cemitério, pousa sobre os passantes e os desvenda. Uma gargalhada foge pelos fundos. Sombras acendem cigarros nas esquinas. Dentro do Volga, através do janelão, o escuro se cerca de brilhos anônimos. Vendramini canta. *Sou escritor e de o ser me glorio.* Malavolta se equilibra na guia do calçamento. *Sou escritor. James Joyce é o meu rei.* Magros e desengonçados, Frank Sinatra e Montgomery Clift, vamos embora com desconsolo. No meio do quarteirão, venezianas se abrem com estrondo, de par em par, acesa a lâmpada do abajur, e Dirce Maria aparece nua. Acabou de lavar-se, recebe uma pelega de alguém, só se vê a mão odiosa, estende a toalha no parapeito, veste a calcinha, agora o sutiã e se enrola num roupão. Desce a vidraça e apaga a luz. Miguel

Carlos Malavolta Casadei recupera a voz. Vi alguns volumes da Coleção Saraiva em cima da Singer.

Agora, na vitrina do balcão, o garçom retoca a torre de maionese. Uma rumba mística assalta os nervos, e Mazé verifica o arranjo das mesas. Menosprezamos a maconha e o chiclete. Apesar disso, nada há de errado conosco. Na rua, onde tropeçamos em proibições e na visão de Dirce Maria, pesa em nossos sentimentos mais noturnos um céu de lantejoulas. Vendramini reapossa-se da voz para não dizer nada. Interjeições. Dirce Maria, de saia curta e blusa fofa, atravessa a rua de braços com Guy de Maupassant. O que é o bêbado senão um homem que se inflama sozinho? Lá está um, junto ao poste, discutindo metafísica e amor livre. Gesticula para o vazio e hesita. Irá ou não para a cama de Lô Urdes? Empurra o portão. Segunda-feira, dia das almas, Lô Urdes peca sem cobrar. O mambo se exalta no Volga. Latido de cães. Harpa paraguaia. Mon Dieu. Então reconhecemos Gustave Flaubert parado na calçada, sob o letreiro do Volga. As polainas, os olhos cinzentos e exaustos, a bengala de junco, um ar de buldogue na coleira e os bigodes de barbatana, vermelhos, agora verdes. Ele percorre a Rua Costa Leite, com o passo aturdido e pesado, o faro nas sedas e nos urinóis, salut, sempre à procura da vulva justa.

Nessa madrugada, com o cobertor nas costas e vendo surgir pela janela do quarto os campos verdes, Paulo de Tarso Vaz Vendramini escreveu um conto. *Balança e gládio.*

BILHETE

Caro Malavolta. Terminei *Balança e gládio*. O título é presunçoso, mas o conto, talvez uma reportagem, parece mostrar suficientemente os antros do Fórum e suas arrogâncias, com gente sigilosa, precavida e muitas vezes mesquinha, os gestos côncavos pelos corredores e escadarias. *Que me importa se minha justiça coincide com a injustiça que não me afeta?* Dei espaço para Dirce Maria, o amor de minha vida, por enquanto. Fui sentimental ao ponto da torpeza. Não peço perdão.

Já não acho boa, nem mesmo razoável, a proposta de intercalar contos num romance. Isso irrita o leitor, e pior, me irrita. Reserve os seus contos e os meus para o livro *Os gringos*.

Paulo

RESPOSTA

Os gringos. Ótimo. Melhor que *Os estrangeiros*. Já estava cansado dessa pluralização de Camus. Cortei os contos. Não chegou a ser uma amputação.

A CATEDRAL SUBMERSA

Sentaram-se num banco do jardim e estenderam as pernas fardadas. Com a túnica nos joelhos, empilharam pastas e livros no canto. O frio da tarde acentuava o contorno dos telhados contra o céu alto e limpo. Era maio. Sábado as aulas terminavam às quatro e meia. Teriam tempo, se quisessem, de trocar a roupa e ir ao casamento de Isabela Gobesso e Gabriel Cesarino Vasconcelos de Abreu. Mas, com displicência no colarinho e esfoladuras na botina, ouviam o coro da Catedral. Muita gente na escadaria. Olhe a Denise de salto alto. Ouvi dizer que a Marisa vai recitar. Temos chamada oral de latim na terça. Viram Isidro Garbe de paletó e gravata, as mãos para trás e um cigarro nos dentes. Meus avós estão chegando no Pontiac, e Jonas Vendramini segurou o braço de dona Maria Teresa. Mesmo junto ao portal, as mulheres protegiam do vento o penteado ou o chapéu. Parou o Packard 38 dos Losi, novíssimo, os cromados luzindo. Logo atrás, o Austin negro dos Vasconcelos de Abreu, com forração branca, em couro. Pedro Ferrari estaria com a Helena, comoveu-se Paulo de Tarso Vaz Vendramini. Entretanto, ao crepúsculo e sob a cúpula da Catedral, todos os sentimentos são pardos e góticos

São personagens, gritou Malavolta e acomodou-se no respaldo do banco de pedra. Um dia, Vendramini, tudo isso será seu e meu.

Menos o meu avô, Malavolta. Não se atreva a escrever sobre o meu avô.

Combinado. Mas escreverei sobre você.

Tente ser gentil.

Mais do que isso, Vendramini, serei mentiroso.

Chegou o Oldsmobile da noiva. Ao redor de Isabela Gobesso, a admiração era fraterna, ainda que aparatosa. Malavolta escorregou elasticamente como Dean, porém no chão, estirando o corpo para cima como Clift, ficou em pé como Balzac. Citou a carta de Júlia a Luísa em *A mulher de trinta anos*: "Juramos ambas que a primeira que casasse narraria à outra os segredos do himeneu. Essa noite será o teu desespero, Luísa."

Com a túnica nos ombros, despediram-se. Sentiam um pouco de fome. Chutaram pedriscos anônimos.

BILHETE

De Malavolta (de mau humor) para Paulo (sereno). Não entendo a sua demora em ler Charles Morgan. Não menospreze esse romancista inglês que teve o desplante de ganhar um *Femina*, na França. Ele criou o escritor Piers Tenniel, Lord Sparkenbroke, cujos limites eram o túmulo da família e a constelação de Órion. Sempre um teste de inteligência, ou um convite para a lucidez plena – a literatura de Morgan tende a substituir a prova aristotélica pela contemplação platônica. Se o escritor já é um ser à margem, Lord Sparkenbroke mantém-se à margem dos escritores. Isola-se na cabana de Derry para reconstituir as verdades que ele supunha esquecidas. Com uma ficção de ideias, mas principalmente de seu brilho, Charles Morgan não busca apenas a liberdade, mas o seu encantamento. Estou mandando um exercício de estilo, morganiano, que se chama *Luz no bosque de Derry*. Seja sádico.

OS CASADEI

Vejo a madrugada entrar pela vidraça. Mas o que me desperta é o cheiro de café que se insinua pela porta. Ana Malavolta Casadei lida na cozinha com chaleira de ferro e coador de pano. O fogão é elétrico, Dako, e o leite já ferveu. Vou ao banheiro para lavar a cara e merecer o café da manhã. Minha mãe me aguarda com a xícara e o açúcar. Você passou a noite em claro, menino? Ela está pronta para a missa das seis. O frio de maio cerca o sobrado da Rua Siqueira Campos. Sparkenbroke não vai à missa.

Ana Malavolta Casadei desce a escada com passadeira de juta. Leva o missal, o véu e a fita do Rosário. Bate o trinco quase sem ruído. Antes que o dia substitua inteiramente as luzes do Bairro Alto e da ponte sobre o Rio Lavapés, ela retornará da igreja com as irmãs e as sobrinhas. Varoli. Moscogliato. Caricati. Tenho tempo de reler o meu conto. Sou o melhor escritor da Escola Normal. Dizem que supero até mesmo o Vendramini. Imagino-me tomando o chá de Bissett.

Embora eu leia com estudada lentidão, como um

ator, o conto dura pouco, e subitamente o silêncio se confunde com o meu remorso. Aprendi com o conde Leão Tolstoi a desprezar a nobreza. Também detesto os criados, os lacaios, os mordomos, as camareiras, essa gente que por necessidade ou vocação assegura a sobrevivência da aristocracia, pondo no forno os seus assados e alvejando cuecas de cambraia. Com este conto, eu tentei uma charge do escritor que renuncia ao mundo, mas não ao mordomo. Contudo, incoerentemente, eu gosto de Sparkenbroke, e isso transparece no texto. Além do mais, sinto saudade de Maria Alice, a nossa pajem. Quero um pouco de café puro. Não se atreva, Bissett. Afogue-se no Severn. Que Órion esmague a sua cabeça oblonga. Não preciso de ninguém.

Com a xícara na mão, observo o amanhecer no Bairro Alto. Telhados cor de ocre, uma ou outra mancha cinza ou negra, das chuvas, porém além das cercas o verde vivo das hortas e dos pomares. A máquina de escrever é tão importante quanto a morsa ou a serra. Com que direito evita Sparkenbroke a lógica do suor e a visibilidade do mundo como um todo?

Magro e pálido, escanhoado, precocemente calvo e de ossos grandes, são azuis os olhos de meu pai. Já vestido e ocupando com autoridade a elevada estatura, a camisa branca e a calça de casimira mescla, o relógio no bolsinho à esquerda, junto à cinta de couro marrom, a corrente pendendo para o bolso lateral, os óculos de aro redondo e preto, o que acentua a sua semelhança com Aldous Huxley, Hermes Basílio Casadei surge entre os batentes da porta. Vou abraçá-lo. Meu pai morrerá com cinquenta e seis anos. Mas eu ainda não sei nada sobre isso. Morrerá no meu colo. Eu o abraço muito forte. Faltam catorze anos.

Alarido na calçada. As mulheres já passaram na feira. Agora sobem a escada com sacolas e cestas. Uma tropeça no riso da outra. Anunciam-se com exclamações agudas e cantantes. Não são gordas, ainda que viçosas, comungaram em jejum e estão com fome. As primas, com gritos e uma ternura braçal que se aproxima da sova, acordam o meu irmão Weber Luís, o caçula, cujo sono permanecerá durante a missa das dez. O sono é aliado da crença. As primas me agarram, a mais velha me espia a braguilha, suspiram com inocente cupidez e me abandonam no escritório. Com ordens precisas, umas para as outras, acampam na cozinha e não permitem que as fatias de pão torrem além do costume. Não param de falar. Caiu manteiga no tapete. Deixe que eu molho um pano e esfrego. Posso usar aquele trapo do tanque? A fé só existe no desamparo da razão, acabo de escrever essa frase.

Missa das dez. Chego tarde na Catedral e saio antes para a atmosfera descrente e laica do jardim, na Rubião. Deixo de joelhos as minhas personagens. Como envelheceram Fernando e Matilde Gobesso! Ninguém resiste ao sermão balofo e estulto do cônego Agostinho. Marisa volveu para mim, sob o véu, um sorriso vicinal. De relance, me perturba o perfume de Denise e acredito na ressurreição da carne. O que faz Bento Calônego numa igreja? Ivo Domene estaria fabricando vinho eclesiástico? Roque Rocha, muito parecido com Pedro Ferrari, seria o bastardo de Atílio com a dona Maria Adelaide, a louca? Dona Maria Cecília, mãe de Pedro e de duas meninas lindas, lançou-me olhares de condenação. Agora, de costas para o templo e suas ameaças, vejo a Praça Martinho, o sol bate na Escola Normal, e a Dom Lúcio abre um caminho silencioso e nítido para a Baixada da Floriano. Maio esconde as nuvens. Volto para casa. Minhas personagens tomam aperitivo no Bar Colosso.

Ana Malavolta Casadei põe a mesa. Temos talharim ao sugo, almôndegas, pudim de arroz, marmelada branca e água do Chafariz. A contragosto, eu e Weber lavamos a louça e os pratos. Weber derruba um garfo.

Não me esqueci da prova de terça-feira. Passo a tarde estudando latim. Minha mãe sugere um café forte antes da quinta declinação. O cotovelo no caderno, a mão esquerda na cabeça, a direita expelindo garranchos pela caneta, estou escrevendo, estou escrevendo, estou escrevendo.

BILHETES TROCADOS

PV

No momento releio e estudo o estilo de Hemingway. Não me aborreça com a empáfia britânica. Sua heráldica. Seus herdeiros. Seus criados. Seus campos de trevos. Suas mulheres sem traseiro giocondo.

MC

O romance me sufoca e acaba comigo. Não durmo direito. Narrativa tem que ter comando e rumo. Perdemos ambos? Mais do que travessia, isto me parece um mergulho no abismo.

PV

Não perdemos nada. Basta insistir na leche de nuestra madre. Eu descanso escrevendo contos.

MC

Eu também. Mas gosto da madrugada para dormir sem pesadelos. Lembra-se daquele marido que surpreendeu a mulher trepando com o vizinho no meio dum matagal, numa noite de lua cheia, e desancou os dois a cacetadas, murros, unhas, chifres, com a ajuda e o testemunho de parentes, estes fiéis? Depois amarrou os pecadores a um poste? Dançou ao redor de sua façanha? E ainda convocou todo o povo para apreciar o justiçamento?

PV

Lembro. Escreva.

MC

O vizinho sedutor usava um chapéu Nat King Cole. Já escrevi. Falta o título.

PV

Só pode ser *O pecado amarrado ao poste.* Ponha o título e vá dormir. *Luz no bosque de Derry* passa como exercício de estilo. Não serei sádico esta noite.

PONTE DO CAVALO MORTO

Eu e Paulo de Tarso Vaz Vendramini somos grandes escritores. Não sei se já esclareci isso nas avaliações in progress de minhas obras completas. Sou partidário da autocrítica vigilante e severa. Discuti o assunto com o autor de *Balança e gládio* na biblioteca da Escola Normal, tiramos dez em latim, não encontrei resistência. Com a mão no queixo e um cotovelo no joelho, agora no galpão do recreio e mastigando um sanduíche, ele argumentou com a dúvida a nosso desfavor, mas sem o entusiasmo que entre os literatos é sinônimo de seriedade. Por que dividir a complacência e ficar com a pior parte? Summus in claritate. Habemus excelsam lucem. Sua quemque inscribit facies. Devo ter escrito em algum canto desta página que tiramos dez em latim. Há escritores que não escapam de si mesmos e se manipulam muito além da masturbação. Neles, só aparentemente a palavra se deixa dominar. A frase se expande numa teia para insetos tardos. Fecha-se o livro como se fecha um túmulo vazio. Mas em literatura o sentido nunca descansa em paz e não tem endereço no cemitério.

Weber ligou o rádio na sala. Tranco a porta. Literatura é conto, ainda que este se faça difuso numa crônica ou desborde numa novela ou num romance. O que é romance senão um conto imperialista? O volume do rádio me perturba. Reli vinte vezes *O pecado amarrado ao poste*. Belo conto. Se as personagens centrais são a traição, o desejo e o ciúme, a técnica sugere que permaneçam inominados os fantoches por onde os sentimentos extravasam. Num romance, eles apenas integrariam o cenário periférico. Há seres que existem só abaixo de suas emoções e destinam-se ao esquecimento. O fato aconteceu há cinco anos, na Vila dos Lavradores: recortei-o da página policial do *Correio de Santana*. O marido acabou por compreender a verdade: a culpa se engendrara nas entranhas do demônio. Por uns tempos, a mulher estudou parapsicologia com um frade de Agudos. Desapareceram todos, mesmo o frade, que tirou a batina para ser produtor teatral em São Paulo. Ninguém se lembra de Nat King Cole.

Ninguém se lembra também dum feirante negro, com barraca de verduras, legumes e temperos, na Curuzu, e que propôs foda a uma toscana de Campi, una donna de formosos gomos no traseiro. Tremia o negro junto a uma pilha de caixotes, esperançoso e proeminente, ainda que com decoro e elegância de maneiras. Um pouco distraída, a atenção difusa sob os toldos de lona que o sol afogueava na manhã, a mulher já se afastava com a bolsa e a sacola. Deteve-se porém diante do serralheiro que aos domingos consertava caldeirões e assemelhados de alumínio e ferro. Aborrecida com uma gritaria súbita e anônima, ela julgou não ter entendido o que falava o verdureiro, gravemente, quase compungido, muito próximo de seus brincos de argola, as nervosas mãos nos bolsos da calça. "Sou um negro limpo. Longe das vistas e no aconchego, sabendo fazer e com quem se faz, é um segredo do homem e uma dádiva do Senhor". Até que a donna entendeu e soltou a sacola no chão, não a bolsa. A golpes de panela, com uma raiva fervente, a mulher acrescentou talhos, inchaços e dilacerações no semblante, na mão direita e nos cotovelos do feirante. A confusão não se alastrou em tumulto porque o desaforado, fugindo, deixou-se escorregar pelo barranco até a margem do Lavapés e saiu correndo ladeira acima, sempre olhando para trás, com estupor e pasmo. Não se pode ser generoso na vida. O verdadeiro nome da natureza humana é a intolerância. Enxergo a foda como a suprema cortesia do corpo. Mas a maldade do mundo sufoca no nascedouro as paixões mais imaculadas. Não se soube mais desse negro. Foi visto pela última vez na estrada para Conchal, mancando, com iodo e esparadrapo nas decepções.

Quero aproveitar isso num romance.

Um dia ouvi um disparo de arma de fogo e fui espiar da sacada. Um cavalo tropeçara na ponte da Siqueira para o Bairro Alto e tombara, quebrando a pata. Mulheres pararam ao redor, uma carregava uma criança de colo, outra um frango carijó pelos pés.

Examinando o ferimento, o cavaleiro decidira-se pela Winchester. Fiquem longe, o homem parecia mais contrariado do que triste. Levou a coronha ao ombro. Cheguei a tempo de ver nos olhos do bragado o desespero e a incompreensão. Mais um tiro seco, este em nome da misericórdia. O homem desencilhou demoradamente o animal, e afastando-se com a sela e o arreame aos ombros, o andar meio gingado, desapareceu na esquina dos Torralba.

Ponte do Cavalo Morto. Para mim mesmo, sem dizer nada a ninguém, batizei o lugar. Há sacrifícios que nada significam além de sua memória estrita.

Ontem, Corpus Christi, a manhã brilhava no orvalho tardio, terminei o café com uma broa de milho e saí para o campo. Antes, preparei um sanduíche de carne fria, o pernil da véspera em fatias, com túnicas de cebola e medalhas de tomate no recheio. Dois palitos mantiveram com segurança a decência do pão. Envolvendo o lanche num pano branco, acomodei-o na mochila de lona, junto ao caderno de quinhentas folhas e o estojo de pinho envernizado. Sou um escritor naturalista e sempre faço o registro dos pormenores. A tiracolo, balançando em cima da mochila, o cantil com água gelada. Todos dormiam santamente. Fui descendo a escada com cuidado. Não queria que ouvissem o rangido de meus coturnos. Trajava uma calça de brim grosso, não muito gasta, e uma camisa de saco de farinha. Para não ser surpreendido pelo ar da serra e a ventania emboscada na Cuesta, eu vestia o agasalho azul da educação física, macio, de flanela e gola russa. Ao abrir a porta, para depois fechá-la só com o trinco, eu ainda não tinha a chave da casa, olhei o meu rosto no espelho da chapeleira. *Decidi que a vida faria de mim o que eu quisesse.* Dali o ângulo me desfavorecia e criava sombras no meu rosto, encovando-o, mas lá estavam as emoções aquilinas e os sentimentos castanhos. As ideias, despenteadas e escuras, descaindo pela nuca, soltavam mechas na testa ampla. Pouco a pouco, minha negligência acabou por decretar o desuso do Glostora e do pente. Porém, jamais perdi a fé no colarinho limpo e na dignidade da cueca, mesmo quando de tricolina xadrez. Alto para a idade, tão magro que a rara fadiga me curvava nas ladeiras de Santana Velha, a resistência adiava para o último instante minhas resoluções de ofensor. Ninguém na rua. Esta cidade é a única da terra em que o eco deriva também do silêncio.

Mínimo o estalido, bati o trinco às costas e caminhei ao longo da Siqueira. Olhando o rio, o espelho raso entre a areia e as pedras, a orla de várzeas onde cresciam as taboas, os bambuais, o bosque de salgueiros na chácara dos Ferrante, atravessei a Ponte do Cavalo Morto. Ia subindo pelo Bairro Alto, e as casas se espaçavam entre cercados de arame ou sebes de hibiscos. O ar afinava-se nos pinheiros. Sem pressa, vagaroso é o passo da solidão, eu já estava na estrada, depois seria a trilha até o topo da serra. Pastos de capim-marmelo. Os melões-de-são-caetano florescem em junho. Após o mato ralo, no limite da floresta, precisei das mãos para vencer as rochas de diabásio.

Longe, a neblina atraía fantasmas.

O tempo e o vento esculpiram na lavra petrificada esta mesa e este banco. O horizonte é um anfiteatro. A mochila como respaldo, eu me sento, faz um pouco de frio. A visão circular de Santana Velha me comove, com a cúpula da Catedral luzindo no outeiro. Por trás das venezianas fechadas, os gringos dormem sobre o seu passado de injustiça e medo. Ouço o chiar das cigarras e experimento a água do cantil. Abro na mesa o caderno e o estojo. A lápis, começo a escrever.

GAROA

Recolheram o morto e os ponchos. Na Estação, sob a ferragem curva da cobertura, a fumaça perdurou um instante contra o mostrador do relógio. O cais terminava numa rampa, e por ali um ferroviário desceu com o carro de engradados para o depósito. O padre Remo Amalfi, agora um pouco pálido, não precisava tanto da bengala de açoita-cavalo. A sua estatura mantinha-se pelos ossos longos e o gesto intacto. Entretanto, firmando a ponteira no chão úmido, e a fumaça demorava a dissipar-se a sua volta, atordoando-o, ele comprimiu o castão e procurou o conforto numa prece. Dio mio. Sobraçados os ponchos pelos peões, ia o trem com o corpo de Aldo Tarrento. O arvoredo de Conchal absorvia a chuva leve. O padre pisou devagar os degraus de embarque e, acentuando na testa as rugas verticais, indeciso, caminhou para a Matriz. Sentiu o peso da batina. Parando na calçada, avistou a estrada da ponte e na colina o muro das primaveras cor de vinho. A aragem secava o suor que o incomodava nas têmporas e no pescoço. Precisava chegar logo à igreja. As janelas estavam fechadas. A garoa escorria sobre o luto e o silêncio. Estarei surdo? Com cuidado, apoiando-se na bengala, atravessou a ladeira e calculou o alcance do olhar. Viu o casarão dos Rocha, a chácara abandonada, o poial e as mangueiras além do telhado negro. Tirou o lenço do bolso e esfregou-o no rosto. O que era aquilo no portão de Maria Adelaide?

O POVO DE MARIA ADELAIDE

Ouviu? Traga uma calcinha da infame e uma cueca de seu marido, isso Maria Adelaide ordenou na última consulta. Agora a negra Sueli retira os panos dum cartucho de empório. Mais que suja, a roupa é depravada. Faz uma semana que não paro de chorar. Estão sentadas na cozinha e expelem o mesmo ódio. A lenha crepita no fogão, às vezes ela se desloca com um estalido e as fagulhas desaparecem na cinza. Morreu Aldo Tarrento, alguém recorda no alpendre. A garoa da tarde bafeja as vidraças. Em cima da mesa os trapos, dum branco amarelado e fosco. Pensei em esfolar viva a puta da Rodoviária. A negra Sueli prende entre os calcanhares, sob a cadeira, a sacola de lona com o pagamento, um quarto de leitoa. Sabe que o marido não vale tanto.

Perto do aparador do armário escuro, de nogueira, o pulso magro e as unhas de Maria Adelaide, curvas e cor de sangue pisado, apontam para uma tesoura de alfaiate e a vasilha de ágata, com vinagre. Cruzando as mãos no peito, aperta as pálpebras e os lábios. Domina precariamente o tremor até imobilizar-se como ave agonizante. Depois, as rugas tensas e uma invocação nos olhos, ela estende lado a lado na mesa a calcinha infame e a cueca do adúltero. Estica-as como se fosse submetê-las ao ferro. Pondo a mão nos ângulos pudendos, junta-os para torcê-los num enovelado obsceno que o nó converte em sexo de múmia. A sugestão abala os nervos da negra Sueli. Com a tesoura, Maria Adelaide corta os trapos bem abaixo do nó. Sempre no comando do mistério e de sua ritualidade, joga-os ao fogo. Volvendo-se para a vasilha, com lentidão, banha no vinagre os panos castrados. O vinagre atrai e lisonjeia as pragas. Abandone estes restos em qualquer encruzilhada, minha filha. A encruzilhada é uma incerteza, mas só para os malfeitores, minha filha.

Ouviu? Este menino tem quebranto. Nossa Senhora do Desterro cura quebranto. Maria Adelaide abriu a tesoura de alfaiate e susteve-a na mão. Não tenha medo. Fique em pé. A velha, através da tesoura, passou a fé afiada na aura do quebrantoso, do ombro direito ao sapato esquerdo, e do ombro esquerdo ao sapato direito. Depois, fez resvalar a fé e seu cortante fio pela frente do menino. Em seguida, ao longo das costas. Sempre com as sábias palavras: *Nossa Senhora do Desterro, este quebranto desterrai, e cortai todo o mal deste cristão. Que jamais lhe falte a paz nem o esqueça a oração.*

Salustiano Correia do Rosário ficou cego e envelheceu depressa. Sumiram de sua cabeça o tratado das rezas e o compêndio das raízes. Só por arte do cheiro usa arruda atrás da orelha. O que é isso, meu pai? Olho de peixe na sola do dedão? Corte em quatro uma maçã verde e aplique sobre o malvado cada um dos pedaços, dizendo com fé: *Olho de peixe, tu não podes ficar aqui. Volta para o teu lugar que não é aqui.* Então, meu pai, una as quatro partes com um fio de linha e enterre a maçã numa encruzilhada. Salustiano oferece como pagamento um cesto de mato seco, misturado e de identificação inútil. Não era preciso, pai. A face talhada na miséria e no sofrimento, ele sai mancando na escuridão. Salustiano já não reconhece as distinções da terra.

Você tem medo de perder o emprego? Escreva sete vezes numa folha de papel roxo: *Quero que meu anjo da guarda me garanta no cargo.* Embrulhe no papel uma haste de guiné e três dentes de alho. Esconda o pacotinho em qualquer lugar da empresa, pode ser num armário ou no fundo duma gaveta. Faça segredo.

Como vai, musculoso Fausto? Berne no saco e já fez de tudo: fumo de corda: cuspo do diabo: baba de cadela prenhe. Pois converse com a negra Sueli, a sua mulher, e não gaste a água benta nem o vinho do padre Remo. A Sueli que aperte contra a ferida um naco de toucinho amornado entre as coxas dela. Trate de foder na sua cama e não no mato, musculoso Fausto. A sua mulher não leva berne para os lençóis. Desinfeliz.

KLAUS SPITZER

O *confessionário* de Maria Adelaide Rocha, o padre Remo balançou a cabeça com tolerância e isso lhe trouxe de volta o alento. Curandeiros não impõem penitências, ele amarrotou o lenço no bolso. Contornando lentamente a praça, agora sem hesitação na bengala e nas mãos, protegeu-se sob o renque de figueiras podadas e entrou na igreja pela porta da sacristia. A casa paroquial, simples, com jardim e terraço, erguia-se aos fundos, além das figueiras. As beatas deixaram o altar guarnecido para a reza das sete. Padre Remo sentou-se junto ao púlpito. Três vezes ao dia, ele mudava a água da pia batismal. Não encarregava ninguém dessa tarefa. Enfrentamos não só os pecados do mundo, também os germes e as bactérias. A fraca luz que escoava dos vitrais convidava ao zelo franciscano da solidão e do despojamento. Uma andorinha voou pela igreja e foi tragada pelo silêncio escuro. A presença de Deus não cabe na mente dos graus. Mas a crença se mede pelo ardor da comunhão.

Padre Remo levantou-se com alguma dificuldade. Ave Maria, gratia plena, dominus tecum. Benedicta tu in mulieribus et benedictus fructus ventris tui, Iesus. Persignando-se, tomou o rumo da casa paroquial, enquanto a andorinha recuperava pela porta o ar livre. Sancta Maria, mater Dei, ora pro nobis peccatoribus, nunc, et in hora mortis nostrae. Amen.

Eram quatro cômodos entre o terraço da entrada e o alpendre envidraçado, atrás, com visão para o quintal e as escarpas do Peabiru. Altos pinheiros se agitavam rente ao muro. A Bíblia, sobre a escrivaninha, abria-se para o profeta Daniel. No quarto, padre Remo substituiu a batina pelo roupão e estendeu-a ao longo do cabide. Embora sozinho na casa paroquial, ele pressentia com agradecimento e enjoo, uma canja o esperava na caçarola de ferro, numa chapa do fogão. Indo para a sala, sentou-se na poltrona e acendeu a lâmpada do abajur. Morreu Aldo Tarrento. Só por isso anoitecia?

Também Klaus Spitzer morreu, mas no ano da Graça de 1524, açoitado por fanáticos e depois queimado na estaca. Padre Remo puxa a gaveta da escrivaninha e acaricia o *Orate*, de Klaus e em latim, numa edição holandesa do século XVII, que ele adquiriu por vinte liras em Gênova, num antiquário de segundo andar, talvez contrabandista, ao lado do batineiro cuja mulher bordava signos episcopais nas casulas. Klaus deixou escrito: "Não há heresia contra a lenda." Mais tarde, atormentado pelo calor ortodoxo da fogueira em torno de sua cela de monge, pretendeu justificar-se com um frágil aditamento: "A não ser que a lenda seja a melhor versão da verdade."

Segunda metade do século XV, Padre Remo abre o *Orate*, eram tempos ásperos para a formação da fé, cristãos da Boêmia e da Morávia desfizeram-se de bens e herdeiros, *nasceram de novo* para abandonar laços farisaicos e foram viver num vale, perto da aldeia de Kunvald. Devolvendo as mãos ao arado, os pés ao barro da origem, e retomando a simplicidade do ponto em que a sacrificou a pompa da Igreja, criaram a Unidade dos Irmãos, Unitas Fratrum. "Recorremos em oração ao próprio Deus. Ele dispensa os intérpretes gerados pelo orgulho humano ou pelo êxtase de seu verbo." Padre Remo ocupa o espírito traduzindo em voz alta o latim de Klaus Spitzer. "O que é a fé senão a comunhão permanente com o Criador? E por que a fé, sendo entendimento e sagração, exigiria explicações além de si mesma? Todos somos sacerdotes, como queria Pedro, o Pescador."

A Unitas Fratrum perdeu a harmonia interna em 1494. Os moderados subsistiram como movimento religioso, a princípio aliando-se aos luteranos, essencialmente, até o retorno do reino checo ao domínio católico, em 1620. A Unitas saiu do país, então, mantendo-se ainda hoje como a Igreja da Morávia. Os radicais, como Jan Kalenec e Klaus Spitzer desapareceram no fogo da intolerância. Klaus escreveu isto: "Tirem a tonsura e o óleo de ungir deste sacerdote. Ele não será nem um pouco melhor do que a pessoa leiga mais comum." Padre Remo permite-se um sorriso profano. "Deus também fala pela boca dos hereges."

DEIXE QUE EU BENZO

Não chore, Palmira. Isso é cobreiro que ainda não deu a volta: não é sangria desatada. Deixe que eu benzo. Mergulho este raminho de arruda em água serenada e passo na parte afetada. Faço o sinal da cruz. Ouça com atenção, Palmira, estas palavras: *Santo Antão disse a Cristo que um enfermo chorava de dar dó. Cristo perguntou se era herpes dum lado só. Santo Antão disse que era e o curou. Você também está curada, Palmira. Veja. Agradeça a ajuda que veio do Pai e do raminho de arruda. Assim seja.*

Maria Adelaide explica a resposta das chamas.

Repare na chama fraca, pálida, ela parece desmaiar e se apaga com frequência. Isso significa que as pessoas próximas não gostam de você e negam o seu valor. Dúvidas. Incertezas. Pequenas traições. Mesquinharias. Cuidado com as desavenças na cama.

Agora a chama nítida, aumentando de tamanho. Sorte. Felicidade. Boa hora para as decisões. Conte com o auxílio dos amigos. Jogue no bicho. Troque os lençóis.

Cuidado. Velas que choram, soltando gotículas

que lembram a força do homem. Não decida nada. Momentos de angústia e abandono a esperam. Na cama, reconheça sem medo o frio da infidelidade. Antes de lavar a roupa, separe uma cueca dele para proteção oportuna. Estabilidade na chama. Estabilidade na vida. E se a chama tem fundo azul? Agradável surpresa a aguarda no fundo do bolso e entre as pernas. Ora, a chama se contorce e se faz faiscante na fumaça preta. Ouça o meu conselho, mulher. Não seja agressiva. Não cause brigas e discussões. Cuide de sua saúde e não desconfie de seu par. A imaginação veio ao mundo só para motivar dissabores.

ORATE

Deixando a poltrona, agora sem nenhum cansaço, o alto-falante da praça anunciando a reza, padre Remo caminhou até a porta. Com o *Orate* na mão, acendeu a luz do terraço e traduziu: "A ignorância se contempla sem temor. Sabe-se eterna, entretanto, irmã da prudência e do preconceito, cerca-se defensivamente com o muro de sua urina."

Sempre perturbou o padre a aproximação que Klaus propunha entre ignorância e prudência. Através do terraço, a noite de Conchal se consolidava em torno das luzes amarelas, fosca e úmida como os pecados não cometidos. Padre Remo fechou os olhos para ver Ester Varoli Tarrento. A tarde era de sol. Os meninos do coro ainda corriam pela praça. Ester, com a pasta das partituras sobre os seios, rumava pelo trigal de Juvêncio Martins, devagar e pensativa, o atalho a levaria à Rua Gorga sem cruzar o leito da ferrovia. As hastes, um mar de sépia, acariciavam o seu vestido. Ele retardou a permanência na torre, chegou a esconder-se atrás dos sinos. Quando desceu a escada, quase tropeçou, tomava-o uma culpa platônica, prudente e ignorante de si mesma. Para Klaus, um humanista não reconhecido, a sabedoria contava com a audácia. "Os desumanos votos que moldam um sacerdote teriam origem em alguma fonte de audácia?" Meu Deus. Sentir o pecado apenas pelo arrependimento.

Não gostava de ser visto de roupão. Saiu do terraço e andou sem rumo pela casa. Apertando o *Orate* no peito, percebeu que imitava o gesto de Ester com as partituras. Olha na parede um trecho nu e imagina uma tela em branco. Preenche-a com o pavor e a maldição de Van Gogh. Um vento amarelo, exorbitante de tinta e morbidez, agita o campo de trigo onde Ester enfrenta os presságios do céu baixo e roxo. O mundo ao redor de seus cabelos desaba em vermelho e enfurece as espigas. As nuvens estão traçadas a carvão.

Pelo alto-falante, a voz de Tarrento domina Conchal, a ponto de bater nas vidraças:

> *Tu me tens asco*
> *quando a soco te descasco*
> *de panos e rendas*
> *e sob um luar crescente*
> *te desperto o oco*
> *penitente.*

Ao distribuir a genialidade, Deus não se esqueceu dos devassos e jamais os deixou fora da partilha. Nem a Klaus ocorreu um protesto. Inibiu-o talvez a parábola do filho pródigo.

> *Ganhei o gosto da ira*
> *na quinta volta da estrada.*

Sina que me desafina
rimando desgosto e nada.

Padre Remo não deixou de ser o confessor de Ester. A tentação, evitada sem luta, tornaria indigno não só o homem, mas o ministro de Deus. Seria já um pecado a lassidão condescendente e impune do confessionário? "Padre, dai-me a vossa bênção, porque estou pecando..." O sacerdote recitou o Credo em latim e orientou-a para o refúgio do cristianismo verdadeiro. Lembrou a antecipação do inferno pela culpa. Recomendou a submissão ao primado da Igreja e ao marido, o infame e belo Tarrento, com cinco mortes nas costas e apenas uma na consciência. Sozinho na casa paroquial, eu te absolvo, Ester, ele não se absolvia a si próprio.

A bengala lhe fez falta. Manquejou até a poltrona e consultou na escrivaninha, debaixo da Bíblia, as notas sobre Klaus Spitzer. Ester morreu queimada na Estação de Conchal. Dementes despertaram o fogo que matou o teólogo da Morávia. Na verdade, as mortes vieram pela sufocação, o calor e o fumo, prestando-se o fogo a anular o concílio dos vermes.

Klaus: "Deus jamais acompanha o nosso destino. Se o homem foi criado por Deus, somos Deus. Que necessidade teria o Criador de intervir em si mesmo?"

Klaus: "Falemos dos judeus. Sua vida seria preservada se o seu patrimônio perecesse antes."

Klaus: "Só os militantes da inocência, ou aqueles que esfregam no rosto a cal dos sepulcros, creem que os filhos de Israel preferiram um criminoso a Cristo. Não os judeus, a corja humana como um todo exerceu a escolha. Por isso, ninguém está excluído da redenção. Não reconheço a nenhum teólogo o direito de limitar o sentido e o alcance da paixão. Cristo não diferenciou ninguém e se sacrificou por todos. A invenção da culpa judaica deriva da cupidez ou da irracionalidade."

Klaus: "Os bispos. Eles moram em casas mantidas pela Igreja. Deviam pregar nas ruas, de garnacha, capuz e sandálias de cânhamo. E nas sombrias cozinhas onde o sebo em nada recorda o faisão."

De repente, padre Remo se assusta. Alguém o toca por trás, nos ombros, e uma presença o paralisa. Logo se certifica de que está só. A memória o constrange a erguer os olhos para Ester, que o espera ao lado da pia batismal, junto à porta. Ninguém além deles na igreja. Uma paz, falsa ou suspeita, ajoelha-se entre os bancos e os espia com despudor. Nenhuma acusação vaza pelos vitrais crepusculares. Longe, os meninos do coro se dispersam ao longo da praça. Espreitando pelos nichos, imagens obtusas velam pela fé e sua visibilidade torva. Bastaria um gesto que precisaria ser de ambos, vencendo os preconceitos e os ladrilhos. Sitiava-os porém, nas paredes, os Passos do Calvário. Loura, muito branca, os cabelos num pouso nazareno cobrindo as espáduas, as partituras contra os seios, Ester o interroga em silêncio. Devagar, ele lhe dá as costas e cai sobre o genuflexório, transmitindo ao verniz o suor da mão e aos votos o sofrimento da dúvida. De repente, padre Remo se assusta. Alguém o toca por trás, nos ombros, e uma presença, quase um perfume, o paralisa. Volta-se com violência. Mas está só. Pensa em correr para a porta e embrenhar-se no campo de trigo. Muitos fariam isso. Credo in unum Deum Patrem omnipotentem.

Tarrento:

Atraías os astros onde pisavas.
Previam o teu rastro e te luziam.

Klaus: "Os reis existem para que não sejamos reis. Só os atributos da rapina definem os reis. Eles se constituem pelo que tiram dos súditos. Primeiro a honra para que se afirmem heroicos. Depois, a liberdade, porque de seus pedaços se compõe a tirania. A seguir, a fortuna, de judeus e gentios, pois de que melhor maneira assegurariam a usurpação? Depois, o orgulho. Agora, a esperança, ainda que não precise o tirano da alheia esperança, contentando-se com a sua degradação. Por último a vida, numerosa e anônima, para que o rei, sanguinário e único, sustente a sua imortalidade."

Klaus: "Deus não criou a separação. Cabe ao homem a responsabilidade pelas distâncias e pela paixão que as mantém."

Klaus: "A palavra que me une a Cristo não é a mesma que me repugna perante o papa."

Padre Remo, sem fechar o *Orate*, cobriu-o com folhas soltas de sua pasta e levantou-se para ir ao lavatório, onde molhou o rosto. Não sentia nenhuma fome. Comoveu-se ao refletir sobre o significado da reza das sete: conservar a *prudência* do rebanho e não permitir que os abalos da crença silenciassem a voz do pastor e o cincerro. Tinha tempo o sacerdote de estudar-se ao espelho. Chorou para expulsar a vergonha, e enxugando-se, sed libera nos a malo, recuperou a compostura.

Já era tarde para perder a fé. Cale-se, Klaus.

ÁGUA DE CANTIL

Cale a boca, Malavolta. Ergueu-se e alongou o corpo. Miguel Carlos Malavolta Casadei. Desarrolhando o cantil, bebeu um pouco. Estava com fome. A manhã continuava fria, e o sol, distante. Quantas páginas tinha escrito? A neblina já não manchava as pastagens. Malavolta, antes de fechar o caderno, induziu Klaus Spitzer a murmurar em sua cela: "O teólogo não convive com a crítica. Talvez seja a fé a razão sem lógica." Como o padre Remo Amalfi, ele molhou o rosto e as mãos. Depois, alargando o fundo da mochila, livrou o lanche do pano branco. Sanduíche de pernil. Túnicas de cebola. Medalha de tomate.

Vendo uma garça, e perdendo-a no arvoredo, regou a sebe com uma mijada certeira e convicta. O vento, muito suave, conduzia o chiado dos eucaliptos. Malavolta arrependeu-se de não ter trazido dois sanduíches. Recolhendo da mochila um maço de folhas datilografadas, ajustou-as com cuidado e sentou-se para ler. Rabiscos, entrelinhas, tiras justapostas com cola, manchas de suor, digitais inoportunas, com os diabos, por que não trouxe uma peça de presunto?

CLUBE 24 DE MAIO

Santana Velha, 1954. A trepadeira no arco de ferro, entrava-se pelo portão da Cesário Alvim. Depois um corredor sob a cobertura de telhas vãs, escuras, e a porta de ipê lavrado — abrindo-se solenemente — mostrava o salão de tábuas largas, com pilares de espelho e os lustres de cristal belga. Era o Clube 24 de Maio, onde James Stewart, numa brincadeira dançante ao som de Glen Miller, convidou Noêmia Sartori timidamente. Merle Oberon levou Mário Mantovani ao tesão súbito e ao andar de baixo, roncando por cima deles o assoalho ensandecido. Agora as cadeiras estão empilhadas. O luto frequenta o silêncio e o vazio.

A escada de mármore, à direita e em curva, com dois lances e passadeiras, conduz aos reservados da diretoria e a uma saleta de jogos. Pisam naquele chão as botas de esterco velho e as solas íntimas de todos os capachos. Homens sem rosto movem as cartas no feltro verde. Abandonados nos cinzeiros, cigarros expelem fantasmas. Os conselheiros do clube aderem aos estofados e ao conhaque Carlos III.

— Foi suicídio.

— Mas falam em traição palaciana.

— Não confunda o Catete com o Buckingham Palace. O Brasil não tolera sutilezas, a não ser as de Grande Otelo. Eu li o laudo: "A perícia se limitou a uma meticulosa inspeção externa do cadáver. Logo se verificaram as tatuagens de pólvora nos dedos das mãos do periciado, e em torno do ferimento de entrada do projétil, na região precordial, perto do mamelão esquerdo. Este, por sua vez, achava-se para dentro do rasgão estrelado, circundado por zona de esfumaçamento no bolso esquerdo superior do paletó do pijama..."

— Que memória!

— O preço da liberdade é a eterna vigilância.

— Eu prefiro os direitos reais de garantia.

— Penhor? Hipoteca?

— Sim. E emboscada. Cerca eletrificada. Capangas com Winchester.

Ginasta da bandeja, deslocando-se com aprumo pela penumbra, o garçom trouxe os sanduíches. Alívio da tensão, os jogadores se espreguiçaram. Um conselheiro pareceu ler o futuro político do país no rótulo do Carlos III, erguendo a garrafa que faiscou no extravio da luz.

— Ouvi o discurso de Oswaldo Aranha: "...se houvesse um processo para a cristalização da lágrima, o túmulo de Vargas não seria de mármore..."

— Usou-se a mesma imagem no enterro de Castilhos.

— Mas não isto: "...nunca se chorou tanto, nunca um povo foi tão dominado pela dor ao perder um filho, como neste instante o povo brasileiro diante de tua morte, Getúlio."

— Garçom. Por favor.

— "Eu, Getúlio, não te dou minha despedida, posto que tu não te despediste de nós, porque nós iremos todos os dias, a ti, buscar inspiração para os nossos atos."

— Misto frio.

— Uma bala produzindo efeito idêntico ao da cruz. O Catete no lugar do Calvário. Aquele pijama dilacerado, com sinais de sangue seco e suor mortal, desdobrado liturgicamente e exibido nos palanques, meu Deus, o Santo Sudário do Partido Trabalhista Brasileiro.

— Sem o molho tártaro.

— Você não percebe a aproximação do perigo? Agora o trabalhismo, essa esquerda bastarda, passa a contar com um mártir e uma ideologia. Vamos ser assediados, ainda que não sitiados, por uma economia de combate ao lucro e de desmistificação do salário. Só vejo uma saída.

— Pegue esse sanduíche com alface.

— Neuroticamente, todos os dias, acusar de comunistas os líderes sindicais e os sociólogos da Rua Maria Antônia. Atrair padres e delegados de polícia para a política partidária. Não permitir que as emoções do getulismo póstumo comprometam os limites da Consolidação das Leis do Trabalho. Espancar alguns professores, sem gravidade, para que eles absorvam a ética do patriotismo — e o conselheiro do Clube 24 de Maio calou-se com a mão no sanduíche.

— Uma saída múltipla.

— Ainda não acabei — mastigou grosseiramente. Hostil e mediano, o corpo deformado por prazeres caros, ele gostava de coxas de mulher gorda para acariciá-las com as esporas. Apenas um sanduíche era pouco, ele serviu-se e exercitou a voz de conchavo:

— Precisamos criar pelegos não só nas fábricas, também nas Arcadas do Largo São Francisco. O que você acha de Gabriel Cesarino?

— Um nome. Vasconcelos de Abreu é um nome.

O RETRATO INACABADO

Vou pintar para a história o retrato do prefeito de Santana Velha, Isabela diz.

Apenas candidato, minha querida.

Isabela despe a camisola de rendas, depois a calcinha, que escorrega pelas pernas, nem Botticelli imaginaria a atração de seus segredos e abismos, Gabriel finge espanto, devo tirar a roupa para o retrato?

Componha-se, a artista arma o cavalete defronte do espelho. Diz. A nudez sempre foi inimiga dos políticos. Aprenda a se esconder. Quero o meu modelo de terno escuro e lenço na lapela, com perfume, o bigode aparado fino, alfinete na gravata, nada mais que uma pérola opaca e solitária, o colarinho engomado, o anel de grau e o chapéu de feltro.

Gabriel se diverte. Meu entendimento da arte se apoia na convenção clássica. Pensei que o artista trabalhasse vestido e só o modelo exibisse o corpo.

Mas você tem razão, ela diz, os poros abertos como se repentinamente a banhasse uma garoa fria, suspensa no ar, quase invisível, e a cereja desponta no vale pubiano, então a mulher se move em torno do cavalete, brinca com os pincéis e os tubos de tinta. Querido, não importa quem seja o modelo nu, *ele é o artista*, Isabela diz. O pintor se confunde com a pintura ao medir na criação os ângulos do afeto ou da repulsa. Sentado na banqueta de marroquim, Gabriel olha pelo espelho as costas de sua mulher, os cabelos louros, encaracolados, as mechas hesitando em descair das espáduas aos flancos, céus, os volumes e entre eles a fenda, macios mesmo sob tensão, a esguia arquitetura da carne sôfrega e suave. Ele não vê a tela, mesmo no espelho. Devagar, Gabriel abandona a banqueta e se liberta da armadura burguesa, mantendo apenas a aliança e o anel de grau. De estatura comum, é peludo e aristocrático, de pernas cambaias e pés grandes. Magro, o peito de pombo, seus aparatos são exíguos, mas ele monta com delicadeza. Sempre assobia no desfecho. Gratifica a mulher com suspiros de alcova. Respeitoso e heráldico, não demora mais do que o necessário. Jamais se desgasta na ternura contratual. Retira-se com desvelo e chega plácido à porta do banheiro, já recolhido e virtuoso.

— Tenho audiência às quatro — ele diz.

Isabela volta ao retrato inacabado.

NOTICIÁRIO

No *Correio de Santana*:
"Meu candidato trago no peito.
G. Cesarino para prefeito.
Voto é remédio que sara e cura.
G. Cesarino na Prefeitura.
Vote mais cedo. Vote mais tarde.
G. Cesarino é o nosso alcaide."

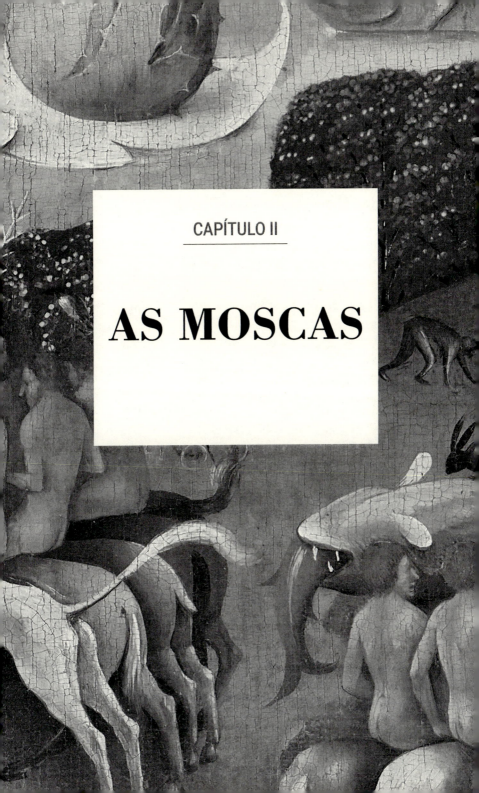

CAPÍTULO II

AS MOSCAS

Pedro contou tudo a Atílio: pensou que seria mais difícil. Uma varejeira verde debatia-se entre a cortina e a vidraça da sala. Isso acontece de vez em quando, admitiu Atílio. Comigo acontece sempre.

Sempre?

A varejeira zunia como uma acusação escarninha. Ela escalava o vidro, escorregava, e lá fora o ar estonteante a atiçava contra os brilhos de junho. Atílio atemorizou-se perante o castigo. Teria chegado o tempo do ajuste? Abriu a janela e o zumbido se perdeu na varanda. Pegou no ombro do filho. Foram à cozinha tomar café.

Não pode ser sempre. Com quem você tem andado?

Pedro citou Shakespeare.

Putas. Putas. Putas.

Atílio colocou açúcar mascavo em duas xícaras. Pedro alcançou na última chapa o bule de ágata. Teria notado o pai algum tremor? Não leve isso a sério, disse Atílio. Você herdou a ansiedade de sua mãe. O primeiro gole foi ruidoso. Longe, sob as nuvens, e também em torno do alpendre, Monte Selvagem cercava-os de terra e poder. Maria Cecília Guimarães Ferrari ainda dorme no *Solar* de Santana Velha, numa esquina da João Passos. Acordará às dez para descer a escadaria de penhoar, rouca e majestosa, o recente toucinho entre as sedas, a fragrância provocante, umas olheiras, mas o rosto ainda suave e liso. As palmeiras, naturalmente imperiais, do pórtico da fazenda aos degraus da varanda, foram uma sugestão de Maria Cecília

Guimarães Ferrari. Dependesse de Atílio, ele plantaria duas filas paralelas de pessegueiros. A dona tem ido muito pouco a Monte Selvagem. Os empregados perguntam por ela. Gostam de vê-la na rede, não fazendo nada, ou cavalgando, ou impondo o som calunioso e insensato da sineta para chamá-los. Seca e lúgubre com o marido, reserva aos outros uma tirania doce. Eu pego uma puta atrás da outra. Falho com todas. Só me satisfaço na punheta. Pedro empurrou a xícara no granito da pia. Com uma tesoura de jardim, a cozinheira Maria da Penha cortava ramas de espinafre na horta do pomar. O açúcar não se derreteu na xícara de Atílio.

Eu converso com o Aleixo, ele disse.

Obrigado, pai.

Tome outro café.

Recusou: viu o pai servir-se com a mão firme. Atílio lavou as xícaras e colocou-as no escorredor. O silêncio tomou posse do tempo, apesar dos estalos do trator na rampa. Não se encaravam, *pareciam evitar-se na solidariedade*, inquietos, como se dividissem um segredo esquecido e subitamente o pressentissem junto à nuca, pelos cantos da copa, da sala, na sombra entre os armários de cedro e nos torneados de Isidro Garbe. O vento trouxe o rumor duma ceifadeira. Pedro caminhou a passos hesitantes até o alpendre. Ciao. Saiu com a Kombi. O que teria acontecido? Com os jornais debaixo do braço, Atílio armou uma das redes. Sentou-se para desdobrá-los no chão. Dependesse dele, plantaria pessegueiros.

Para o Natal de 1931, o último, Maria Adelaide cortou um galho de pessegueiro, desfolhou-o e deixou que esturricasse na tulha. Com um ar de mistério, ela estava linda, pintou-o de preto e colou pipocas no caule e na ramada. Imitavam flores, até com o pingo de esmalte vermelho em cada corola. Ela enfeitou com isso o paiol, enquanto Atílio dependurava o lampião na trave. Deitaram-se, nus, entre fardos de saco de estopa e arreame velho.

Vindo da horta, Roque Rocha surgiu no gramado com o fole e o veneno das formigas. Curvou o corpo e pôs na terra o olhar negro. Mas largou tudo, catou a seu redor uma varejeira, riu, esmagou-a na palma da mão.

BASTARDOS

Roque Rocha deu a volta pelo alpendre para não ver na rede o velho bastardo. Assim ele se referia ao pai. Sempre na ausência de Maria Cecília Guimarães Ferrari, com constrangimento, quase covardia, Atílio chamava-o de vez em quando para conversar. Não tinham nada a dizer um ao outro. Roque Rocha ocupava como quarto a antiga despensa, de teto baixo, janela gradeada e saída para o pomar. Dormia num estrado de peroba, com pelegos de carneiro e uma sela. A limpeza do cômodo era surpreendente. Ferraduras e guampas sobressaíam nas paredes caiadas. Varria o chão todos os dias. Jamais falava da bastarda, Maria Adelaide, e mantinha-se fora de seu caminho, arrepiado como um felino traído. Ele mesmo fez, de timburi e lascas de cortiça, o baú e as prateleiras. Estudou na Escola Rural com a dona Adélia, uma das filhas de Bento Calônego. Lava a sua roupa na cascata, estende-a na grama até secar, tem um ferro debaixo do estrado e Maria da Penha enche-o de brasas.

Atílio grita, Roque, ele se assusta e contra o sol move-se às cegas, lacrimejando, foge pela descida de cascalho entre as escarpas, os veios calcários o atordoam, e quando aperta os olhos no dorso da mão, Roque, apavora-se, os palanques da cerca negrejam a sua frente, mais as pedras empilhadas, tudo o ameaça com farpas e arestas, e do outro lado, Roque, o rebordo oculto nos espinheiros e na culpa, *o precipício que deveria tragar o bastardo Pedro.* Atílio grita.

Roque Rocha se espanta ao reconhecer, de repente, o bosque de eucaliptos no outeiro, e ao longo da planície, num espaço azulado pela distância, a invernada e os mangueirões. Ninguém o chamou. Ele fala sozinho, enquanto escala os degraus vulcânicos da serra e se deixa cobrir pelas samambaias. Por um atalho secreto, só revelado aos demônios, aproxima-se do abismo. Tira a camisa e as botinas. Enfiando a mão no oco dum cambará, junto à raiz, traz um saco de estopa. A neblina ainda flutua na beirada do precipício, desfiando-se pelo mato ao redor. Ossadas de cavalos sacrificados, ou de bois que perderam o tino, desfazem-se nos barrancos da imensa vertente. Roque Rocha desembrulha da estopa um rolo de corda. Amarra-se pela cintura. Gaviões, pairando sobre a fenda, desaparecem na névoa. Onde a rachadura se estreita, o arvoredo a dissimula, denso dos dois lados: uma ferida de meio quilômetro para dentro da terra, cavada na montanha, com patamares e paredes que o vapor assombra. Roque Rocha sobe pelo tronco do cambará até a forquilha. Um dos galhos, quase oculto pela copa e por cipós, até um ninho abandonado, cresce para o abismo. Atando a outra ponta da corda nesse galho, com nó de cinco laços, Roque Rocha se joga do alto e despenca de costas, sufoca-o o deslumbramento do céu ao contrário, gelado e veloz, a vulva da serrania o atrai, e o repele, desdobrando-se em grutas, manchas, sulcos, poços, mais os suores leitosos na folhagem, ele se enovela na corda umbilical, suporta o impacto vinte metros abaixo e a dor se retesa, musculosa e viva, ele se liberta no desafio pendular de seu corpo sobre a vagina da terra.

— Bastardos. Bastardos.

ALELUIA

Na porta do botequim de Yoshioka Ide:

— Eu não estou bêbado.

— Eu também não estou bêbado.

— Acho que são três horas.

— Homem. Não passa muito de duas e meia.

— Não. Às duas e meia eu estava com o Meneguesso no bebedouro da praça.

— Olhe, rapaz. Às duas e meia você esperou na porteira da linha até passar o trem de carga. Eu até vi o Willys do Leôncio Vendramini.

— Homem. Eu não estou bêbado.

— Justo naquela hora o ferroviário da guarita mostrou sem querer o relógio. Eu também não estou bêbado.

— Então, acho que são quase três horas.

— Escute. Da linha até aqui são dez minutos a cavalo.

— Isso depende.

Apearam com dificuldade. Amarraram as rédeas no travessão. Compassadamente, os cavalos batiam os cascos na terra, espantando as moscas.

Dentro do botequim de Yoshioka Ide:

— Pergunte ao Zico Batista, só para tirar a cisma.

— Zico, seja sincero, que horas são?

— Meu nome é Yoshioka Ide. Quatro.

— Eu não falei?

— Isso depende. Quatro de ontem ou de hoje?

Pediram pinga. Agora descansavam a casca e o tutano no balcão. Os copos, molhados, iam deixando no tampo de madeira os carimbos circulares da umidade. Yoshioka revendia aguardente, zurrapa, cocada, rapadura, mel, bala, fumo de corda e certo doce de abóbora em forma de coração. Fora, o sol ardia na tarde opressiva. Via-se pela janela, rente à porta, o começo da estrada para Conchal. O pó tingira de marrom as folhas da mamona. Voejando contra o lado envidraçado do balcão, as moscas.

Leôncio Vendramini puxou a cadeira e sentou-se perto de três boiadeiros. Disse:

— Não posso abater nove contos em cada vaca.

— Pode.

Leôncio enervou-se.

— São vacas de doze litros.

— Dez.

— Mas como? — levantou-se Leôncio para recordar a todos a altura e o peso dum Vendramini. — Só a mocha produz uns dezoito litros.

— Pois a mocha pode ficar fora do negócio.

A cadeira caiu.

— Isso me ofende, peão. Você me conhece?

— Trabalhei para vosso pai — era digna a reverência do boiadeiro. — Quem quer negócio não quer ofensa.

Leôncio endireitou a cadeira e socou-a no piso. Puxou um cigarro no bolso da camisa para temperar a raiva. Comprara as terras do Meneguesso, onde plantaria sorgo para as granjas. Estando na hora de arar, queria livrar-se do gado zebu.

— Este é o meu retireiro Venceslau — Leôncio mudou de tática, e os peões tocaram os chapéus. — Venceslau, dê ciência ao nosso amigo: com quantos litros a mocha enche os baldes?

Venceslau, ruivo e tardo, o peito afundado na blusa aberta, estudou a manobra dum moscardo em volta da garrafa.

— A mocha? — ele cruzou os braços e inclinou a cabeça, contraindo a face pelo esforço. Cuspiu. Olhando para cima, fez um cálculo.

— Dezoito.

O gesto de Leôncio espantou o moscardo.

— O Venceslau entende do assunto. Não é um curioso qualquer. Trabalha no ramo há muito tempo. Já trabalhou para o meu pai. Há quanto tempo você lida com ordenha, Venceslau?

— Dezoito.

O retireiro arrastou a sola da botina sobre o cuspo. O moscardo retornou ao gargalo da garrafa. O boiadeiro aprumou-se no encosto de palha.

— A sua vacada não rende mais de dez litros.

Irritado, Leôncio bateu os cotovelos na mesa.

— Peão. São doze litros.

— Dez. Uma vaca pela outra. Só tenho esse dinheiro. A bem dizer não é meu. Acontece que o sogro e o cunhado deram um ajutório a cinco por cento. Havendo trato, seu Leôncio, ainda vou ter que arrendar pasto por minha conta.

O outro peão, que não entrara na conversa, vendera a sua safra de arroz para comprar de segunda mão um rádio de pilha em estado de novo. Deslumbrado, esticou a antena. Venceslau bordava a lápis um algarismo no verso duma nota de romaneio. No balcão, Yoshioka Ide concentrava-se na transparência dos copos e na dose exata. Leôncio, com o cigarro na mão e indo devagar até a janela do botequim, não demonstrava pressa ou aborrecimento. O calor pregava-lhe a camisa às costas. Pensava em arrancá-la com fúria. Mas espiava como cobra a estrada deserta e as sebes cor de pó. O velho Jonas sempre teve o dom de criar o medo a seu redor e usá-lo sem culpa.

— Bom... — falou Venceslau. — Vou embora. Tenho que espalhar a raspa da mandioca no mangueiro e picar a cana do gado.

— Um momento... — atalhou Leôncio. — Você ainda não fez isso?

— Perdi muito tempo na cidade. Tem muita gente com interesse na vacada.

Leôncio enfiou as mãos debaixo da cinta.

— Ouviu, peão? Faço gosto em que a vacada fique com quem já trabalhou para o meu pai. Yoshio, depois eu quero a marca daquele vinho de Bento Gonçalves.

A fumaça que escapava da brasa movia-se pelo ar, num tom azulado. A que saía da boca era cinza. O boiadeiro ergueu o chapéu pela aba e limpou o suor no dorso da mão. O outro peão, estrábico e com orelhas de abano, acomodou o rádio na bolsa de couro, a tiracolo. Leôncio encostou-se ao balcão.

— Tome uma pinga, Yoshio.

Yoshioka Ide balançou a cabeça.

— Esta pinga não é para beber. É para vender.

Leôncio expeliu com a saliva e o bafo a gargalhada dos Vendramini. Depois avançou para o boiadeiro.

— Tiro três contos em cada vaca.

O peão disse:

— Nove contos.

— Imagine. Já quatro horas.

— Você não quer comprar nada.

— Acho que o trem de carga demorou muito a passar.

— Compro. Mas depende.

— Porra. Vou vender na cidade.

— Ninguém duvida.

— Montado no baio não levo dez minutos.

— Não gosto de conversa fiada.

— Ninguém discorda, seu Leôncio.

— Seja sincero, eu estou bêbado?

Pediram ao dono uma garrafa de pinga. A intenção era levá-la sem a tampa de lata, porque nem sempre dispunham de abridor. Queriam com rolha de cortiça. Yoshioka Ide destampou a garrafa. Encontrando uma rolha na gaveta do balcão, lascou-a no rebordo, a canivete. Empurrou só até a metade. Contra o sol, no vidro verde, a pinga rebrilhava. O mormaço invadia o botequim e a vontade dos peões. No forro, as moscas. Para pagar, o mais velho desentocou do bolso um lenço encardido. Torcendo o corpo, meio de lado, desfez o nó e contou a quantia certa. Depois, atou as pontas e escondeu o lenço. Pôs o dinheiro na mão de Yoshioka Ide.

— Zico Batista, até amanhã.

O mais novo, ao sair, levou dois dedos à altura da testa e tropeçou na soleira. Enquanto Yoshioka examinava o balde sob o vazamento da pia, desamarraram as rédeas e montaram. O botequim ficava cinco quarteirões além do Cemitério dos Escravos. Servia a viajantes e a bêbados sem bússola. Atrás da mamona, o cercado duma plantação de girassóis: depois as granjas: rumo ao horizonte, as pastagens: e as andorinhas, embora o verão já estivesse pronto.

Longe, abaixo da colina e já na fronteira com Bento Calônego, um tratorista suava na gradeação da última quarta. Vinha um camarada com enxada às costas. Pairando em círculo, além do capão de mato, uns urubus cumpriam a ronda das coisas podres.

— Seja sincero.

— Hum.

— Você não vai quebrar a cachaça?

— Saltei... — alcançando com a mão a porteira de peroba, deu com o nó dos dedos, levemente, três pancadas no palanque. Iam os cavalos desarrumando a poeira da estrada. Observada daquele ponto, a vila de Conchal se impunha numa visão alvacenta, por trás de postes telegráficos e fios de alta tensão. A mulher carregava ao ombro um balaio de milho seco.

— Lindeza.

Pararam, dando passagem ao Willys de Leôncio. Foi

o jipe por um caminho estreito, à direita, com arame farpado nas duas margens. Adiante, onde o caminho se ampliava entre barrancos, numa área sulcada pela erosão, surgiu um depósito de lixo. A negra mais velha, em pé, e a negra mais nova, agachada e abotoando a blusa, viram chegar o jipe. Gritou Leôncio:

— Tem uma porcada invadindo a minha terra na divisa com o Meneguesso. De quem é a porcada?

Tonta, e com o cigarro no canto da boca, a mais velha ajoelhou-se no monturo. Soprou a fumaça num sorriso de deboche. A pele da mais nova era ao mesmo tempo negra e amarela, o rosto inchado, um tremor no queixo. Segurava nervosamente a gola da blusa.

— Como, senhor?

— Porra. De quem é a porcada?

Pensativa e triste, consultando as entranhas do lixo e inocente de seu fedor, a negra mais velha pareceu rezar.

— Ele quer saber. Ele quer saber.

A mais nova:

— Onde o senhor tem terra?

— Comprei do Meneguesso a gleba que termina no rio. Os porcos fizeram um estrago ontem.

Como as negras gaguejassem uma desculpa, Leôncio, vendo perto da paineira o mangueirão arruinado, explicou logo:

— Não vim brigar com ninguém. Não gosto de pre-juízo e de vagabundo. Só vim falar. Tratem de prender esses porcos.

Disse a moça:

— Quase morri de tanto prender porco.

— Consertem o mangueirão.

— Veja como estou de sujeira.

— Eu não sou o Meneguesso e não falo duas vezes.

O cigarro da mulher mais velha se apagara. Riscando um fósforo e aproximando a chama da ponta, ela, fascinada, olhava formar-se a brasa. Aceitou com pastosa seriedade:

— Filha, esse homem não é o Meneguesso.

A mulher mais nova arfava.

— Prendi porco o dia inteiro.

— Sempre com a ajuda de Cristo — disse a velha.

Vestia a filha só a blusa e a saia. Uma casca de lama subia-lhe pelas pernas. E um pano amarrado na cabeça. Moravam num depósito de lixo. As sobras, apodrecendo em torno, davam-lhes o contato pegajoso da vida já usada, fétida, degradada e atirada fora. Com o calor dos restos, as negras sobreviviam junto aos ratos, aos urubus e às moscas. Tinham a companhia dos porcos e a ajuda de Cristo. Os detritos enchiam as fendas do terreno arenoso e se acumulavam nos rebordos, uma imensa chaga da terra a purgar. Leôncio olhava a miséria, e seu desprezo alterou-se para o temor e a náusea defensiva. Encostada ao mangueirão dos porcos, aquilo era a casa. Algum peão, com talhadeira e marreta, erguera a casa. Pouco mais de um metro de altura. As paredes eram chapas enferrujadas de zinco e folhas de lata. A cobertura, lascas de coqueiro. As negras queimavam palha de eucalipto para afugentar as moscas.

Dando tapas no ar, Leôncio recuperou-se pela ameaça.

— Fica o aviso. Se eu achar porcos na lavoura, mato todos a machado.

— Aleluia.

Entretanto, não era raro encontrar porcos e bacorinhos passeando pelos arruados. Deitavam-se na poça das chuvas, sabiam cavar sob o arame farpado e fuçavam sementes e mudas. Pouco era o perigo que vinha deles. *Devoraram o pé duma criança no estrado, durante a apanha do algodão.* Isso devia ser mentira, e além do mais a criança pertencia a volantes, gente que não tem estrado. Reclamar pelo avanço dos animais era uma diversão dos donos e um modo de não pagar os prejuízos. Talvez fosse uma obrigação furtá-los. À noite, as mulheres saíam em busca de lavagem com duas latas de óleo, vazias, nos extremos dum cabo de vassoura. Os camaradas sempre traziam pinga. Bebiam no gargalo, caneca era luxo. Ia a garrafa de boca em boca. Dentro da casa, avolumados com palha os sacos de aniagem, colavam os corpos com angústia e incompreensão. Não sentiam o cheiro que atiçavam e dividiam. Com o movimento das ancas e dos braços, esmagando moscas, esperavam e conseguiam a solidariedade no vômito.

Leôncio moveu o câmbio do Willys. Arrancou sem dizer mais nada. O jipe dobrou a palhada seca do milho. Lá estava a casa de Orontes Javorski, alvenaria e madeira envernizada. O baio do polonês esticava a corda na argola de ferro. Encobrindo a escada do alpendre, um Volks. O vento balançava na corrente a tabuleta do portão. Sítio OJ. Leôncio diminuiu a marcha e especulou sobre o valor da terra. Arroz na várzea junto ao Peixe. Amendoim e laranja para a indústria. Pasto. O Meneguesso não aguentou o tranco. E o polonês?

— Não precisa insistir, Navarro.

— Certo. O senhor sabe.

— Antes de ser dono de terra, eu passei por tudo isso.

— Vou perder tudo — prosseguiu Navarro, esfregando as unhas na barba cerrada.

Javorski examinou Francisco e Jairo, sentados no divã de vime. Disse:

— Todos vão perder. Eu perco a renda. Navarro não me paga nada. O acordo fica entre Navarro e vocês.

Orontes Javorski, polonês de Cracóvia, que se fixara em Rancharia desde a primeira guerra, depois no vilarejo de Varpa, onde mantinha uma granja em sociedade com os parentes da mulher — uma família de letões — concordava com Navarro. Perdoaria a renda, contanto que ele e os subarrendatários largassem a terra em dez dias.

— Este ano o amendoim fracassou — disse Javorski. — Ou quase isso. Quem plantou vai tirar da terra justo para pagar o banco.

As tábuas do soalho, lavadas, rangiam sob as botas de Navarro.

— O banco nunca perde.

— Não posso mudar em dez dias — comunicou Jairo.

Javorski iniciou um gesto com a cabeça inclinada.

Seu olhar abrangeu a sala, os objetos, a exausta memória de seu mundo, e através da vidraça, o pasto e a serrania crespa. Francisco, pardo e recurvo, apoiou o cotovelo no joelho e a mão no queixo. Jairo volveu o rosto afiado, mostrando de perfil o cavanhaque preto que lhe impusera uma promessa. Francisco falou com a voz mansa:

— O Navarro também perdoa a renda?

— Não — a resposta soou terminante e áspera — Não sou proprietário. O Javorski pode fazer isso. Eu não.

Franzindo a testa, Jairo fez recuar a obstinação sob as pálpebras pesadas. Apertou os dentes e as palavras:

— Quer ficar com tudo.

Navarro achou um sorriso.

— Eu não disse que ia deixar vocês na mão.

— Sempre chega o dia — lembrou Francisco, sombrio e acuado, mas longe de submeter-se a perdas injustas. — Nunca eu tive o lucro ao alcance de minha mão. Para apanhar o lucro, é preciso ter vara comprida.

— Pelo amor de Deus... — irritou-se Navarro. — Você está falando de lucro em ano de desastre?

Jairo pegou a moringa.

— Vamos conversar... — ele disse e encheu a caneca.

Javorski ergueu-se da espreguiçadeira. Desiludido, era calmo, quase indiferente, e encontrava a força na descrença. Viu na parede, na moldura oval e prateada, o retrato da mulher morta. Em cima da mesa, a toalha de crochê que ela trançara. O sol poente atingia pela janela os couros do assoalho e a estante de pinho. Lá estavam os livros do irmão mais novo, Amadeu, o gênio da família, que trocara a terra por um maldito emprego público em São Paulo. Javorski aconselhou:

— Vocês só têm que partilhar o amendoim colhido. Não se esqueçam de que num acordo ninguém ganha. Temos que nos concentrar no cálculo das perdas parelhas.

Proprietário fala como político. Isso estava escrito na cara deles. Fizeram uma pausa ressentida. Javorski passou para a cozinha. Percebeu Jairo dizer:

— Na minha casa são sete bocas, Navarro.

O pai de Francisco era cego. Andando pela vila, batia o cajado na soleira para pedir esmola. Mesmo assim, tentara abusar da neta, de madrugada, estando os outros na lavoura. Javorski, de ombros caídos, com os seus óculos de aro de aço, foi ao poço e pôs a água da caçamba no regador. Carregou-o até o caramanchão, onde molhou a folhagem na latada. Corria um jipe Willys pelo caminho de Conchal. Javorski entrou na cozinha. Aproximando-se do fogão, ajeitou a lenha e atiçou o braseiro. Mudou o bule para a chapa da frente. Vinha da sala o ruído do acordo. Navarro disse:

— Pronto. Acertamos.

— Aleluia — Javorski convidou-os a tomar café. Jairo veio devagar, lendo as contas de Navarro num pedaço de papel. Parando na porta, Francisco sentiu falta do chapéu, só para rodá-lo na mão. Navarro explicou a Jairo o último pormenor. Na mesa tosca e com o rebordo lascado à faca, Javorski esparramou xícaras, não canecas de folha. A ocasião sugeria algum luxo. Navarro assustou o vapor com um sopro.

— O senhor não me favorece com uma quinzena, mais ou menos, para eu desocupar a terra? Eles também querem esse prazo.

Limpando os óculos na manga da camisa, vagaroso e cansado, um gesto de impaciência, Javorski não disse nada. Navarro serviu-se do bule.

— Francisco sai com noventa sacos de amendoim. Jairo com quarenta. Os dois me devolvem semeadeira, balaio, sacaria e veneno. Dou o caminhão para a mudança. A gasolina fica rachada meio a meio.

Antes de tomar a pinga, Francisco agitou a mão contra as moscas.

— Por que você não apareceu ontem? — indagou a negra mais nova. — Ela abrira a blusa. Soltando os cabelos grossos, dava com a ponta dos lábios um estalido que pretendia ser obsceno. Agora a cachaça escorria pelo cavanhaque de Jairo.

— Não pude.

— Sua mulher já pariu?

— Não sei. Resolvi um negócio.

— Vai escurecer logo. Vou enfiar uma vela na garrafa.

— Não nesta.

— Depois você me deixa algum dinheiro?

— Na minha casa tenho sete bocas.

Sobre os sacos de aniagem, Francisco, desafivelando a guaiaca, baixou a calça e montou a negra mais velha. Um grunhido e um peso gordo anunciaram a vizinhança do mangueirão. Atrás da paineira, um bêbado espumava de mijo o tronco espinhento. Outro tentava abotoar a braguilha.

— Quem são? — perguntou Jairo.

— Nunca vi antes.

Os cavalos socavam os cascos na terra, espantando as moscas.

— Acho que são quase seis horas.

— Homem. Também acho.

— Como?

— Isso de ser quase seis horas.

— Não sou surdo.

Desenlaçaram as rédeas. Montaram.

— Não vamos para Conchal? Conchal fica contra o sol.

— Não sou surdo.

Ao sair de cima da mulher, Francisco pediu a Jairo a caixa de fósforos.

— Aleluia — ela agradeceu.

Acesa a vela na garrafa, de repente um farol no meio do lixo, via-se de longe o barraco amarelado por dentro.

O PROFETA

Depois da reza, confiando os paramentos aos cuidados da beata Palmira, padre Remo trocou a água da pia batismal. Benzeu-a. Desceu a escadaria junto ao corrimão de pedra e caminhou pela praça. Alguns cristãos, do rebanho retardatário, cercavam o carro do pipoqueiro apesar da noite úmida. Padre Remo viu o dono do alto-falante carregar a aparelhagem para os fundos do Pireu's Boliche. Andando calmamente, medindo com a pele, quase apalpando a reverência de seus crentes sob a luz de cálcio, o padre dispensava a bengala. O sacristão, o musculoso Fausto, bronco e piedoso, já teria apagado as velas com a campânula e esfregado a flanela no turíbulo. Com zelo e ardor minucioso, a ferrolho e a cadeado, teria já trancado com as duas voltas das chaves, por dentro e por fora, a Casa do Senhor. Aprendera a extrair dos sinos a moda de viola que seguiu Tarrento até a Estação. Exemplo de humildade e temor a Deus, espanava os santos e mantinha nos ofícios o decoro da fé. Além disso, dependiam dele o pomar e a horta da igreja. O sacerdote parou no portão da casa paroquial. A negra

Sueli recebeu-o na varanda.

— Padre, esquentei o caldo.

— Leve um pouco para os meninos.

— Preciso de suas orações, padre Remo.

— Todos precisam. Eu mais do que ninguém.

— Amanhã eu devolvo a caçarola.

Ensaboou as mãos sob a água corrente. Já na copa, mas por toda a casa a ditadura da canja, ele ergueu a tampa da terrina, e o vapor se expandiu. Padre Remo aceitou a fome como uma absolvição da natureza. A negra Sueli jamais violaria as leis do requinte pondo na mesa a caçarola de ferro. A canja fumegava na terrina. Cercando o alimento com as atenções da oração, o sacerdote sentou-se para as duas conchadas no prato fundo. Distraiu-se com o estalo do pão e a manteiga derretendo-se no miolo. Depois lavou a louça, nada de beata à noite na casa paroquial. Guardou a terrina ainda quente no armário com tela. Apesar da branca Ester, doce e pecaminosa lembrança, ele não se sentia solitário. Pelo menos não sofria a solidão como angústia ou desvio de sentimentos humanos. Talvez Klaus Spitzer, que convivia com a dúvida cotidiana, tivesse chegado ao ponto de não se suportar a si mesmo. Agitando a toalha no gramado, padre Remo dobrou-a. Não seria a solidão a última escala da intolerância? Enfiou-a na gaveta. As cinzas da fé, seus detritos calcinados, só alimentam o desespero pela perda de Deus. Apagou a luz da copa e foi para a escrivaninha. O último capítulo do *Orate* contém uma ousadia desmedida. Teria Klaus sucumbido à retórica do demônio? O teólogo, hereticamente, negando a Daniel a luz de sua essência divina, que o explica muito além da escuridão e das incertezas humanas, reduz o profeta a um homem comum. *A lucidez de Daniel é um dom dos legumes e não da comida do rei.*

No dia seguinte ao sonho de que se esquecera, o rei Nabucodonosor convocou ao palácio os sábios, os sacerdotes, os conjuradores, os feiticeiros e os caldeus, para que interpretassem o sonho perdido. Falaram os caldeus em aramaico: "Descreve o sonho a teus servos, grande rei, e mostraremos a interpretação."

Respondeu o rei: "Tive um sonho, e meu espírito está agitado em torno do vazio que ele deixou. Se vós não me fizerdes saber o sonho e a sua interpretação, sereis desmembrados e as vossas casas serão transformadas em latrinas públicas."

Sendo sábios, eles calaram diante do rei o murmúrio do espanto. Continuou Nabucodonosor: "Porém, se me mostrardes o sonho e sua interpretação, recebereis de minha parte dádivas, louvores e honrarias."

Não há pior pânico do que o dos sábios. Ao tempo em que lhes falta a resignação soturna dos servos e dos simples, toma-os sempre o medo de encarar a frio a face do terror que ora os espreita, irracionalmente, pelos olhos do rei. Sentiam-se mais próximos da latrina pública do que dos louvores.

Creio que Daniel, cuja vida também estava em perigo, como a dos sacerdotes, conjuradores, feiticeiros e caldeus, logo entendeu a insanidade daquele soberano que no futuro partilharia a morada com jumentos selvagens. Molhando o corpo febril e estúpido no orvalho dos céus, a vegetação crua seria o seu alimento, como os touros, e só ele ouviria por dentro de sua cabeça o clamor dos sonhos não sonhados.

O profeta, e ele seria poupado pelos leões, mas não pela verdade, construiu o sonho no orgulho e na arrogância do rei. Lisonjeou Nabucodonosor com um sonho portentoso, para livrar da tortura os sábios e afastá-los da latrina pública.

Como esquecer? Como ter esquecido? E como não esquecer mais? Daniel, senhor dos mistérios e do convencimento ritual, guarnece a memória do rei com a visão duma estátua atemorizante, sucessivamente e da cabeça para as sandálias, de ouro, depois de prata, de bronze, de ferro e os pés de argila. Uma pedrinha se desloca no ar, choca-se contra a argila e a desfaz. A estátua, desmoronando, se esmiúça em escombros e a poeira não conserva nenhum vestígio de sua glória.

A glória, esse esterco dos reis.

Daniel criou o profeta Nabucodonosor. Extasiou-se o soberano com a visão que lhe era imposta. "Tu, ó rei, rei de reis, a quem Deus galardoou com o poderio e a dignidade, tu mesmo és a cabeça de ouro..." E a Nabucodonosor é dado conhecer o fastígio e a decadência dos reinos que surgirão em seguida, inferiores, da forja de metais menos nobres, humanos como a argila modelada e com a vocação do pó. Até que Deus estabeleça com a pedra de seus desígnios o reino definitivo. Tu, ó rei, foste escolhido entre os reis para conhecer, através dum sonho profético, a vontade de Deus. Abrandada a ira e recuperada a memória, Nabucodonosor lançou-se por terra com a cabeça de ouro e prestou homenagens a Daniel.

Sacerdotes, conjuradores, sábios, magos, adoradores de bezerros, feiticeiros, videntes, adivinhos, anacoretas, astrólogos, encantadores de serpentes, eunucos e caldeus estavam a salvo, agora e como Daniel, dos humores do rei.

Foram salvos não pelo vinho ou a comida do palácio, mas pelos legumes e acima de tudo pela sobriedade hebraica (Daniel 1:8).

A dor nos joelhos obrigou padre Remo a abandonar o *Orate* na escrivaninha. Sem uma queixa, arrastou-se até o quarto e despiu-se, guardando a batina no armário de canto. De pijama, e com frio, escutou a cama ranger *sob o peso de seus pecados*, ele ironizava. Acabrunhado, aceitou o silêncio que o oprimia. Depois, puxou a gaveta do meio, a do Breviário e da Bíblia em italiano, Sacre Scritture, porém tirou apenas o terço, macias entre os dedos as contas de mogno, refletindo-se na prata do crucifixo a luz da rua. O sacerdote recuperou-se com as orações em latim. Pater noster qui es in caelis, sanctificetur nomen tuum, adveniat regnum tuum... Et ne nos induca in tentationem... Deixando-se acariciar pela coberta, fechou os olhos.

Soa como contemporânea a prosa de Klaus Spitzer. Ou a minha tradução do latim seria mais interpretativa do que submissa ao texto? Ungidos pelo suor da excomunhão, ou da fogueira, os teólogos sempre foram escravos da literalidade. Klaus, ao contrário, enfrentou o risco do protesto e da inteligência desgarrada. Está no *Orate*: "Jamais o destino da humanidade foi salvar-se a si mesma. Só por isso ela persiste..." Subitamente tenso, padre Remo soltou o terço no colo. A veneziana alinhava em paralelas a iluminação da noite. A heresia e o suicídio são atentados contra o Criador. Teria Klaus buscado o suicídio na heresia? Mas o fogo da verdade, triste e diabólica hipótese, consagrando a Deus o pecador, não santificaria também o seu pecado? Teria Klaus descoberto a culpa absolutória? Ou o pecado sacrificial?

Com as duas mãos, padre Remo amontoou as contas do terço contra o rosto. Teólogos modernos sustentam que Daniel não viveu no tempo de Nabucodonosor, mas quatro séculos depois, quando o rei selêucida Antíoco IV impunha na Judeia, sob tortura, a política da helenização. Hoje os estudos bíblicos já não dependem da literalidade. Portanto, e segundo uma teologia que não se temperou no fogo da intolerância e não se deixou degradar pelo medo, Deus teria inspirado Daniel a conduzir Nabucodonosor como personagem das visões nunca vistas, nada mais que um instrumento da esperada supremacia hebraica. Padre Remo retomou as orações. O orgulho de Klaus Spitzer, acima da coragem e do espelho abismal onde se revolvia o suicídio, levou-o a uma *heresia* que a evolução dos tempos alterou para *profecia*. O *Orate* se antecipou à teologia moderna. Condenado, Klaus morreu pela fé que em alguns homens, raros homens, torna mais aguda a razão. O corpo do padre, esguio e pesado, alongou-se sob a coberta. Boa noite, Ester.

O SACRISTÃO

Sendo o amor uma cócega em sentido estrito, o berne ampliava nos baixios do musculoso Fausto o âmbito de suas ilusões, e ele, enfiando no bolso as chaves da igreja, perseguia com o pensamento as prendas da menina Leila. Estaria acordada? Contrito, coçou-se de pernas abertas para a garoa noturna. O Ciro fechara o restaurante por causa de Tarrento. Não convinha a um sacristão amesquinhar-se por becos urinados, o ícone duro, e esgueirando-se por latões de lixo e pilhas de garrafa para bater furtivamente na janela dos fundos. Laura poderia surpreendê-lo, e pior, gorda e sôfrega, exigir a ressurreição de pecados já absolvidos.

Sacristão de volta ao lar, o berne mais erógeno do que nunca, a cada passo balançam as chaves no bolso, o musculoso Fausto pisa a lama do arruado e destranca o portão de ripas. Atrás das cercas, o vento remexe os podres e o esterco molhado. A negra Sueli, tirando os meninos do bacião, enxuga-os. Agora, com pijama de flanela, eles se aquietam no sofá. A mulher serve a seu homem a caçarola de ferro. Sentando-se com cautelas excitantes, ele enruga a testa estreita e começa pela beirada. Não dispensa o miolo de pão. A garoa, não só do tempo mas das árvores gotejantes, ainda brilha nos cabelos espetados e curtos. Afasta as coxas, pensa no berne e no reconforto da sopa, como compreender os prodígios de Deus? O musculoso Fausto, atarracado e pardo, pegando no cabo da colher como um pedreiro, tem apatia nos olhos e veludo nos beiços. A negra Sueli encosta a barriga no rebordo da mesa.

— Eu trouxe o toucinho — ela diz.

O sacristão não se apressa. O saco lateja e ele engole com ruído o caldo já morno. Dormindo em pé, os meninos pedem a bênção num resmungo. A negra Sueli ensaboa a louça no balde, suspirando em surdina as últimas esperanças, enquanto o marido se recolhe com um palito ao quarto. Então, ela se arrepia ao deter por um momento os olhos no pires do toucinho. Ela recorda o cheiro do musculoso Fausto, suor e incenso.

Passou uma charrete na rua. Assustando-se, o quarto quase escuro, a negra Sueli ouviu o estalido do trinco pelas costas. O sacristão desnudara-se maritalmente sob a lâmpada do abajur, o santinho alevantado, ainda que torto, e embaixo a manga inchada do saco, indefesa e roxa. Sem controlar o tremor do toucinho entre o polegar e o indicador, a umidade traindo-a nos recônditos, a mulher caiu de joelhos sobre o tapete de retalhos, e com um cotovelo na cama, a calcinha frouxa, esquentou entre as pernas o naco de gordura. Ante a força do homem que se robustecia de deslumbrar a vista e a tentação, o badalo alçado e pleno, ela arriscou um ósculo de devota, meditativo, comprimindo o naco na ferida. Sombrias as causas do calafrio, pecado ou castigo, gemeu o musculoso Fausto com a aprovação desconjuntada das molas. Lentamente, colando-se o berne ao toucinho, catou a negra Sueli um chumaço de algodão na gaveta e apertou os gomos até fazer sangue.

Tão covardes os homens, e ele, cuidadoso do escroto, temia pelo berne e suas ofensas carnais. Porém, frêmito no leito e agitação nos lençóis, dum salto e com bravura nas ancas, a mulher montou-o em pelo e socou o indócil contra o ventre, sufocando os gritos e as palpitações. Logo entoavam em uníssono o clamor das fodelícias. Dissera com sabedoria Maria Adelaide: "Se não for pelo amor, minha filha, será pela dor..."

Deveria lavar o toucinho para o feijão? Apagou as luzes da casa e deitou-se de bruços. Mais tarde, mãos de turíbulo e peito cálido, o musculoso Fausto achegou-se, bundamoroso.

O MÉDICO

Até hoje Aleixo tem o consultório na Rua Riachuelo, no meio da quarteirão, quatro casas além da Rua Gabriel Cesarino. Uma vez, na Fazenda Santa Marta, do pai, Aleixo deixara escapar um preconceito: "Os inteligentes não precisam de psicólogo..." Na sala estavam fabricantes e ruralistas, e Aleixo, então um médico no início da carreira, talvez quisesse impressionar Jonas Vendramini. Mas o assunto era a cotação do café e as variações do câmbio.

Atílio marcou a hora. Pedro já não dominava a tensão. Combinaram que o pai falaria sozinho com Aleixo. Assunto mais do que escabroso para os italianos, talvez o pior depois da desonra, alguém precisava antes *destocar a quiçaça*. O filho iria na outra semana. Porém, e em silêncio, foram no Aero-Willys, de Monte Selvagem até a Baixada da Floriano. Era um fim de tarde de céu alto. O brilho do oeste se refletia nos cromados da avenida. Ao volante, Pedro impacientou-se com uma carroça. Atílio disse:

— Pare logo depois do pontilhão.

— Por que não no consultório?

— Ainda é cedo. Quero andar um pouco. Volte para a fazenda.

— O senhor me telefona?

— Vou com o Aleixo até a casa de Jonas — e Atílio bateu a porta. Com um leve aceno, saiu para a calçada. Vagarosamente, mas não indeciso, andou sem olhar para trás.

O braço para fora, indicando a esquerda, Pedro entrou na Gabriel Cesarino para manobrar no pátio da ferrovia, junto aos armazéns, de lá retornando a tempo de ver o pai diante das ruínas dum antigo e indecoroso botequim. Parece que ladrões, vagabundos e mendigos tinham assumido o encargo e o proveito da demolição. Ao desaparecer, o antro ganhara um nome póstumo: "Bodega dos Gringos." Olhava o pai pelo retrovisor. A elegância se ajustava a Atílio Ferrari com naturalidade, e nele permanecia, mesmo sem a gravata e com o casaco desabotoado. Grisalho e aquilino, aprumado apesar dos sessenta anos, um pouco menos, os olhos entre o cinza e o verde, ele se postava diante de suas lembranças para decompor os restos e ocultar a decadência. Da esquina para o mundo, o Pastel do Alemão já saturava o espaço de aromas, de permeio ao fumo de corda e ao melaço das usinas. Perto, na ladeira dos bazares, a loja de Mirna Arcari expunha as confecções em duas vitrinas de luz fria, com forração de feltro e cortiça. Muito linda quando jovem, Mirna teria sido amante de Atílio Ferrari, diziam. E possivelmente Isabela Gobesso, também diziam.

Não usa aliança nem relógio: detesta medalhas:

será sempre fiel ao colete e a Jonas Vendramini. Não esquece nada. Mesmo o ônibus, expelindo os óleos e sacudindo os ferros, não lhe ensurdece a memória. Ainda gosta de cavalos e de cães. Às suas costas, os gringos do Bira chamam por ele, ciao, Atílio, e arrastam mochos pelo que sobrou da calçada de cimento vermelho. *Sabe o que está acontecendo com o seu filho Pedro.* Agora de frente para o casarão dos Vasconcelos de Abreu, e esperando o momento de atravessar a Floriano, comove-se porque um homem esguio e um tanto arcado, fumando cachimbo na soleira do Alemão, a jugular latejando no pescoço comprido, os óculos de aro negro e a blusa sem colarinho, lembra-lhe Bepo Campolongo. Faria uma visita a Bepo Campolongo. Não podia abandonar Bepo Campolongo.

Resolutamente, caminhou para o café, e no quiosque pediu um maço de Lincoln. Enfiando-o no bolso, passou ao saguão dos elevadores. O consultório de Aleixo ocupava o terceiro andar do edifício. Atílio viu através da porta envidraçada a atendente, de uniforme hospitalar, que o aguardava. Auxiliar de enfermagem, madura e eficiente, imposta pelos ciúmes de Lídia Lunardi, mulher de Aleixo, ela cumprimentou Atílio e deixou-o sozinho na sala de espera. Diplomas de São Paulo, Milão, Turim, Londres, Roma e Paris estampavam-se nas paredes. A atendente reapareceu.

— Por favor, seu Atílio.

Conversaram até o anoitecer. O médico ainda alinhava as notas na agenda, golpeando as páginas com rabiscos e signos, quando Atílio calou-se, mais fatigado do que constrangido, e forçou nervosamente o espaldar da poltrona. A atendente abriu a porta e acendeu as luzes do corredor.

— Precisa de mim, doutor?

— Não. Pode ir, dona Vera.

— O seu Leôncio acaba de chegar.

— Entre, Leôncio — gritou Aleixo.

Sem cerimônia, ofendendo o consultório com o suor e o charuto, Leôncio deixou com o irmão a botelha empalhada dum velho Domene tinto, da Chácara Peabiru, ainda com lacre de gesso e rótulo primitivista. Atílio aproveitou o Willys de Leôncio. Foram até a casa de Jonas.

Aleixo empurrou a bolsa com o medidor de pressão e apoiou os cotovelos na escrivaninha. Observando o rosto de Caruso entre os reflexos da noite súbita, na vidraça, pensou, "o escuro veio sem estrelas."

ARIEL RETTMANN

Aleixo fez a janela deslizar ao longo dos trilhos. Com estrondo de ferros, na ladeira, fechavam-se os bazares e arriavam-se os toldos. Ele gostava do irmão. Mas o preferia sem charuto e vinho caseiro. Depois acomodou-se na poltrona para irritar-se com a psicanálise. Traumatologista e clínico geral, também preenchia o seu tempo com perícias judiciais sobre medicina do trabalho. Assim como o idiota não tem rugas de expressão, o vagabundo nunca sofre acidente do trabalho, esses conceitos estimulavam a leitura dos laudos que ele elaborava sem a opressão dos jargões. Desprezava a psicanálise e sua serventia burguesa. Tinha alguns opositores gentis. A arte deles dissimulava-se na fuga ao confronto. Era filho de Jonas Vendramini e esticou os pés para o tamborete de couro marrom.

Procura e encontra, na memória e nas oficinas, os dedos decepados pela serra elétrica: o estouro da caldeira e os queimados da fábrica de óleo: a tosse cava e seca dos envenenados pela química das tintas: a escoliose dos estivadores: as traições do mercúrio e do chumbo nos laboratórios. Interrompe-se e encolhe as pernas. Nenhum sinal de charuto no ar. Escrevera num laudo: "A brutalidade transmitida pela rotina das carências." Só por causa de Atílio, desde que a impotência dos herdeiros ricos não o atraía, começa a refletir no caso de Pedro. Estaria descartada a intervenção psiquiátrica? Se estivesse, a psicanálise, com a lenta investigação do analista, desvendaria o trauma e asseguraria a cura? Aleixo recorda um professor de Turim, Ieso Bóvio, para quem, "verdadeiramente, a descoberta do ego coincide com a descoberta do sexo. Um desvio na revelação do sexo, moral ou ético, determina uma fratura que se imprime no ego e o deforma. A cada ato sexual, quase sempre frustrado, o conflito reaparece e redesenha a patologia da conduta." Ieso Bóvio, um orador turbulento e pedante, nada escreveu além da tese acadêmica, *Fisiologia da percepção*. Emigrou para os Estados Unidos e diluiu a neurologia e o talento em Berkeley.

Levantando-se, Aleixo articulou as persianas e iniciou uma busca na biblioteca. As estantes, em ângulo reto, dividiam a sala em dois compartimentos. Dona Vera, impedindo com os panos e o espanador que a poeira invadisse os recantos, impunha ordem e lustro às lombadas. Aleixo, com os dedos, percorreu os arquivos e destacou o menos volumoso, um de papelão preto, com elásticos. A ficha, no alto, manuscrita à tinta e presa a grampo, esclarecia: *A antipsicanálise de Ariel Schlomo Rettmann*. Livrando-se do avental, o médico pendurou-o no cabide e vestiu o largo paletó de tweed. Ao desligar as luzes, o telefone tocou.

— Lídia?

— Espero que isso não seja uma decepção.

— Seria se você não telefonasse.

— Temos um risoto. Só com peito de frango.

— Ciao — saiu para o corredor com o arquivo debaixo do braço. Ergueu a gola do paletó na rua. As portas de aço ondulado, tapando o vão entre os caixilhos, mostravam que a noite apossara-se da Baixada e do pontilhão. Aleixo tomou o rumo da Cesário Alvim, à esquerda, e para lá também seguia a aragem da Cuesta, o frio límpido e ferino de Santana Velha. O mecânico da esquina, Erich Sauer, ao afundar o ferrolho na soleira, reconheceu o médico e levou a mão ao boné.

O que Aleixo conhece sobre Rettmann se resume aos fragmentos do arquivo, vinte páginas, se tanto. Tem consciência de que o seu método psicanalítico nunca foi aplicado. Aleixo atravessa a Floriano obliquamente, e contornando uma carroça retardatária, o cavalo arrancando o mato da calçada, entra na Cesário Alvim. As reflexões de Rettmann circulam por meio duma dialética não concessiva, sinuosas, assumindo e superando os riscos da clareza. Lembra Freud, com quem trocou cartas e imprecações. O nazismo soterrou a memória dessa controvérsia. Na esquina baldia, além da cerca, o carroceiro ensaca os galhos lenhosos duma trepadeira.

O dicionário de Richard Sterba não registra o nome de Ariel Rettmann. Esse monumento, o primeiro consagrado a Freud e à psicanálise, *Handwörterbuch der Psychoanalyse*, foi concebido e elaborado até o quinto fascículo, entre 1931 e 1938. A ocupação da Áustria por Hitler interrompeu o empreendimento. Enquanto Freud se refugiava na Inglaterra, Rettmann era detido numa sinagoga, em Viena, e deportado para Auschwitz. Distraído, talvez complacente, um risoto de frango desfiado o aguarda, Aleixo encosta o arquivo no portão da Igreja Nossa Senhora de Lourdes. Freud também era Schlomo, como Rettmann.

Chega à Praça Coronel Moura. O jardim público, misterioso e sombrio, com o bosque, as vielas e os patamares no declive, estilhaça as luzes do Cine Paratodos. *Speelbound*, de Alfred Hitchcock. De repente, faz muito frio, e Aleixo estremece ante a visão da doutora Constance, Ingrid Bergman. Próximo ao coreto, move-se na noite o espelho de água além dos pilares romanos. Na calçada oposta ao jardim, ele percorre a sebe de hibiscos de seu irmão Dante, olha para o escritório, uma torre aos fundos da casa. Dante nunca se cansa e trabalha até a madrugada. Graças a Deus e a Jonas, as cunhadas são submissas ao direito de vizinhança. Os primos, nem tanto. Foi no escritório de Dante, numa dessas festas de aniversário onde os livros são a única trincheira segura, Aleixo interessou-se por um volume encadernado da *Revue Française de Droit Criminel*, Flammarion, Paris, 1945, e lá encontrou Ariel Schlomo Rettmann. Não seria uma tarefa isenta de riscos publicar estudos penais e criminológicos na Paris de 1945, com o medo e a desconfiança atrás das paredes, ainda numa revue que se propunha periódica e dedicava a reportagem da capa a um judeu morto em Auschwitz, um médico desconhecido, um ideólogo perigoso, um deserdado da *Psychoanalyse*. A guerra terminava. Não para os judeus. Aleixo empurra o portão e sobe a escadaria até o alpendre. No meio da página, ele se recorda, a foto do jovem Rettmann abalou-o. Magro, aquilino, um cachimbo irônico, os óculos de Freud, os dedos longos em torno do fornilho, o doutor Ariel encarava com vaidade e inocência o começo dos anos trinta na Floresta Negra. O risoto estava ótimo. Aleixo esperou que as crianças perdessem logo a disputa com o sono. Depois, pondo um Sinatra na vitrola, tirou Lídia para dançar. Apertou-a suavemente. *Embraceable you. That old feeling. You go to my head.*

Agora, refugiando-se no gabinete, vê pela vidraça que a torre de Dante parece imersa na névoa úmida, alvacenta, as luzes apagadas. Cansaço ou pôquer? Aleixo não se distrai com os ruídos da Praça Coronel Moura. A última sessão do Paratodos inicia-se às nove. Ele afasta os elásticos do arquivo sobre a escrivaninha.

A única sobrevivente da família Rettmann, uma das irmãs de Ariel, e o médico francês com quem ela se casou, puderam preservar no sótão da casa, em Lyon, não muito longe do Cemitério Israelita, um baú de trapos, com objetos e documentos do irmão, estragados a fogo e água, os instrumentos cirúrgicos, *uma tela em branco, vazia mas com a assinatura de Ariel*, e um grosso caderno do que seria *A estrutura do trauma*, seu livro inacabado. Uma comoção, ainda que imprecisa e ligeira, impõe a Aleixo uma pausa. Também se recuperou parte da correspondência entre Ariel e Freud. O estado de espírito desse Schlomo em relação ao irreverente e atrevido discípulo alterou-se no curso das doze cartas, evoluindo da complacência para o irado rompimento.

Aleixo espalha na mesa as páginas com as anotações de seu punho e os trechos escolhidos da revue. Para Rettmann, a demorada investigação do recalque fazia da psicanálise uma atração para burgueses, suas mulheres infantis, pródigas, inúteis e incapazes de pecar sem culpa. Haveria relevância coletiva, e científica, na descoberta e no exame de traumas que sustentavam as fantasias, os devaneios e as frustrações de gente ociosa? Manter por longo tempo num divã ridículo, com colcha e travesseiros bordados, as nádegas duma histérica que nunca entrou numa tecelagem, para curá-la dum mal que deixará intocada a sua insignificância como pessoa?

Claro que a psicanálise serve à medicina, isso não se questiona, mas serve muito mais ao mundo das artes e da literatura. O caso psicológico de Hamlet, edipiano ou apenas podre, supera o de qualquer Rothschild. Diante do mestre, um de charuto na mão esquerda e outro de cachimbo entre os dentes, Rettmann deslumbra-se com o brilho de suas audácias. Não poucas vezes ele propõe comentários imaturos e injustos. Freud, trinta anos mais velho, alertou-o para os perigos da *lógica entusiasmada* e da falácia que a exprime. A ciência dispensa a retórica. No sentido investigativo, e atuando na mente humana, a verdade articula-se com naturalidade estrita e clássica. Jamais a fumaça embaçava os óculos de Freud. O jovem o escutava, porém sem perdoá-lo por preferir não a ele mas a Ferenczi como discípulo.

Ariel Rettmann era estudante de medicina em Viena, e violinista noturno, quando a Sociedade Psicológica das Quartas-Feiras, que reunia intelectuais na casa de Freud, na Rua Berggasse, encerrou o que seria o primeiro ciclo do movimento psicanalítico. A partir das nove horas da noite, e durante cinco anos, a psicanálise consagrara em torno do mestre o charuto, o café, a lucidez e a reinvenção da mente e da quarta-feira. Ariel sempre se ressentiu por não ter alcançado o início histórico das teorias que o fascinavam.

Aleixo ouve uma de suas crianças falar agitadamente em pleno sono. Percebe que Lídia, sussurrando interjeições eternas, ajeita as cobertas da cama e corrige o sono. Dissolvida por Freud a Sociedade Psicológica das Quartas-Feiras, e fundada em seguida a Wiener Psychoanalytische Vereinigung, com estrutura associativa, Rettmann, já clinicando nos bairros operários de Viena, é admitido como membro. Numa das quartas-feiras, ele, primeiro orador da noite, surpreende a todos com a *antipsicanálise*. Adler acusou-o de leviandade, e de antecipar uma aventura dialética quando a teoria e o método da psicanálise ainda estavam em curso, consolidando-se na resposta da observação e da experiência. O secretário Otto Rank, jamais um censor científico, registrou os debates. Naquele banquete socrático, assegurado sempre o livre trânsito das ideias, era rara a inquietação dos doutores. "Na física, não existe pressão sem dinâmica. Porém, na psicanálise, cessada a dinâmica injetora, o trauma se confunde com a *pressão estática*. Recalca-se a visão culposa. Quando a culpa coincide com a percepção do objeto proibido, convertendo-se em imagem e remorso, ela se estabelece como angústia inconsciente. É a *pressão estática*, demônio familiar do paciente, que se manifestará ao repetir-se, embora com outras circunstâncias, o cenário de seu arrependimento."

Todos atentos aos cinzeiros da mesa oval.

"O psicanalista investiga as causas do trauma por meio das técnicas usuais. Isso não acontece no método que proponho. O analista, na antipsicanálise, tem o *prévio conhecimento* das causas."

Estranheza na mola de algumas poltronas.

"Não se apressem na oposição crítica. O nosso querido Freud, contrariando uma norma por ele mesmo instituída, analisa a sua filha Anna, sendo de se supor que não desconheça a origem de seus tótens e tabus pessoais."

Cai neve na Rua Berggasse.

"Ao médico nunca estão interditadas, *e não importa a hipótese*, as causas da doença e sua sintomatologia."

Há o calor da lareira. Levíssimos, acumulando-se na brancura, flocos de neve esvoaçam pela noite envidraçada e tardia. Dezembro acendeu cedo os lampiões.

"Ouçam. Armados numa sessão única, para

tratamento imediato, os indutores ou condutores da confissão obtêm a cura pelo impacto da verdade contra o trauma. Não o tratamento longo de nossa psicanálise, nem mesmo o tratamento curto, a sua expressão mais branda, ou menos ortodoxa, mas o tratamento imediato. A cura pela odiosa revelação." Sonho em alemão é traum, reflete Aleixo. Uma luz na janela da torre. O criminalista Dante Vendramini ganhou no pôquer, certamente, e retorna agora a algum latrocínio. Aleixo arruma os papéis no arquivo, com cuidado, ajustando os elásticos. Traumbild, alucinação. Sente não só a fadiga e o sono, mas a falta de Lídia, do corpo ondulante e suave de Lídia. Uma sirena de ambulância cresce ao longo da Rua Djalma Dutra e silencia na Coronel Moura. O médico apressa-se a vestir o paletó de tweed, suspende a gola sobre o cachecol e desce correndo a escadaria. Pesadelo em alemão é alpdrücken, ou schlimmer traum.

IMERSÃO NO ESCURO

Aleixo passou a noite na Santa Casa de Misericórdia. Tentou dormir um pouco na sala dos médicos, vestido mas sem os sapatos, de costas e com a manta sobre a face. Pela manhã, já no consultório, tomou o café da Fazenda Santa Marta, de Jonas, e foi superando lentamente, como o pai, os atropelos da dúvida. Se o caso não afundasse no pântano da neurologia, ou da psiquiatria, encaminhar os Ferrari aos psicólogos de São Paulo ou do Rio e submeter Pedro a uma demorada terapia, a uma aventura freudiana ou junguiana, seria uma imersão no escuro, e ele não faria isso. Pensava com aborrecimento no *psicodrama*, no *sociodrama* e na *Group Psychotherapy*. Aceitando outra xícara de café, aproximou-se da janela, acompanhou por um instante a agitação da Floriano e encarregou dona Vera de ligar para Atílio em Monte Selvagem. Na escrivaninha, sem hesitar, abriu o bloco do receituário e escreveu um bilhete ao Losso, neurologista.

— Seu Atílio, gostaria de que o senhor levasse uma pasta ao Losso, na Santa Casa.

— Meu filho não tem nada de pazzo, Aleixo.

O médico riu.

— A pasta não é confidencial e os exames seguem uma rotina obrigatória. Eu conheço o Pedro, até como clínico. Mas não posso dispensar atestados de especialistas como o Losso e o Lotufo.

— Lotufo, o cardiologista?

— Por favor, pegue a pasta ainda hoje com a dona Vera.

Quinta-feira. Aleixo abre na Santa Casa os envelopes do doutor Carlos Losso e do doutor Luís Henrique Lotufo. Vai para o canto do balcão. Ferrari, Pedro Guimarães. Fisicamente perfeito, o rapaz não domina a ansiedade quando se confronta com o pai. O doutor Losso ajusta na máquina a fita vermelha. *Diante da figura paterna, ele transpira e a prolação torna-se precária: distúrbios afásicos, ainda que mínimos. Retraimento. Palidez. Agressividade potencial.* Na companhia de peões e boiadeiros, conscientemente, imita o pai, sem ironia ou orgulho. Estabeleceu entre si mesmo e a mãe um vácuo psicológico, de indiferença afetiva. Outra a vez a fita vermelha. *Perturba-o uma recorrência onírica. Nu e montado num cavalo selvagem, despropositado o tropel dos cascos, sente o suor do animal penetrar o seu corpo. O cavalo salta com ele para o fundo do sonho.* Sexo. Evitou o assunto, a princípio com mal-estar, depois com um ódio latente.

FRONTEIRAS INTERNAS

A luz vem da vitrola, e em surdina *Carrettieri* na voz de Gigli. Só, no consultório, esticado na poltrona e acompanhando o destino dos carreteiros, Aleixo refaz mentalmente o plano de sua intervenção como terapeuta. Será na manhã de sábado, avisará o rapaz na sexta-feira e não antes. O médico quer que o paciente traga o seu medo intacto, sem tempo para diluí-lo em suores. A luz da Philco, alaranjada e grave, aparentemente nada pode contra a noite, mas serve de guia *a quem a escuta.* Aleixo descontrai os músculos e balança a cabeça, como se não bastasse o absurdo da vida, eu ainda o invento com palavras. Desliga a vitrola e passeia pela sala. Como decompor o absurdo? A noite de Santana Velha inunda a vidraça. O médico impacienta-se com a inércia de alguns terapeutas, ou apatia, quando sustentam que a psicanálise não cura, mas ajuda o paciente a conviver com a sua neurose. "Faço análise há cinco anos", disse Joana Fiorini, uma gorda, num baile do Tênis Clube. Aleixo acende o abajur da escrivaninha. Estarei perto de admitir que a psicanálise seja uma distração para histéricos? Já com o paletó aos ombros, aproxima do foco a pasta de Pedro Guimarães Ferrari, aberta no histórico e nas conclusões médicas. Nenhuma psicopatia, ou psicose, se manifesta nas reações do paciente. Nenhum sofrimento grave o perturba, isso no sentido restrito da psicopatologia. Logo, a medicina não recomenda o uso ainda que moderado das ferrotiazinas durante o tratamento. Sendo de neurose os sintomas, com demonstrações de ansiedade, Aleixo optou pelas benzoazepinas. As neuroses, não comprometendo as funções essenciais do organismo, respondem com eficiência a psicotrópicos de atividade mínima, como escreveu Saul Lippmann, de Oxford. Aleixo apanhará amanhã no laboratório da Santa Casa o sedativo que mandou preparar pelos cálculos da Tabela Lippmann-Montpellier.

Sexta-feira.

— Antes de sair, dona Vera, ligue para os Ferrari, em Monte Selvagem ou na casa da João Passos.

— Monte Selvagem, doutor. O Pedro está na linha.

— Pedro?

— Sim.

— Espero você amanhã no consultório.

— Amanhã...

— Oito horas. Faça uma refeição leve. Nada de café ou chá. Vista roupas folgadas.

— Mas amanhã...

— Oito horas. Venha sozinho e não atrase — o terapeuta cortou secamente a ligação.

Pedro tentou tomar a sopa, empurrou a cadeira para trás e foi fumar na varanda. De passagem pela sala, silenciou o rádio, não as batidas do peito. Descobriu que odiava a autoridade de Aleixo e de toda a família Vendramini. Não vou jantar, Maria da Penha. Atirou o cigarro no chão e pisou em cima. Não me aborreça, Maria da Penha. Descendo a escada, caminhou diante da lua e das palmeiras imperiais. Voltou para a sede, pegou o casaco no cabide e saiu com as chaves da Kombi. Parou na esquina da Dom Lúcio com a Visconde do Rio Branco.

Chegou cedo, disse Helena. Foram de mãos dadas para a Catedral. Você está apertando muito forte a minha mão. Os vitrais recolhiam a escassa iluminação da igreja. Fiéis sufocavam os seus pecados nos joelhos. O incenso viciava o ar. Vultos, na obscuridade e na contrição, murmuravam imprecações ou pragas, suavemente, o que são as orações senão injúrias contra o demônio ou calúnias contra os nossos deslizes? A fé, sob a vigilância negra das batinas, percorria a nave. As velas fulguravam no rosto dos penitentes e derretiam-se sobre a sua vergonha. Ansiavam todos pelo castigo venial. Na pia, suor ou água?

Aconteceu alguma coisa, Helena assimilou a tensão de Pedro. Mas foi a ausência de culpa que os retirou da igreja. Estou só um pouco nervoso. Abraçados um à cintura do outro, andaram pela Rubião até a Siqueira Campos. Jovens, e apreensivos, não sentiram a distância da Cardoso até a Coronel Moura. Tenho uma consulta com o Aleixo amanhã. O jardim acrescentou ao frio um zunido que exigia percepção afinada. Quase nove horas, apressaram-se pelas alamedas e foram ver no Paratodos *A morte do caixeiro-viajante*, de Arthur Miller, com Fredric March. Quer um chocolate? Helena recusou e sorriu.

Com o cesto de confeitos, o baleiro desapareceu pelo vão da cortina. Pedro, ocupando rigidamente a poltrona, deixou-se conduzir pelo filme até perceber com surpresa as fronteiras não demarcadas do tempo biográfico. Quem sabe a loucura fosse isso, não reconhecer as fronteiras internas. Responder no presente a uma pergunta do passado. Apegar-se agora a uma sombra de ontem. O caixeiro-viajante, ou Fredric March, gritava diante do espelho e ele nada mais refletia do que a desconstrução humana. As decepções se espalhavam com as amostras pelo assoalho do hotel barato.

Uns idiotas abandonaram a sala, aturdidos por uma verdade que não os divertia. Pedro e Helena escolheram lugares defronte da tela, ainda mornos da debandada. O caixeiro-viajante plantava beterrabas durante a insônia. Alguém riu no escuro e bateu contra o respaldo o assento da poltrona. Depois, no saguão, Pedro reapossou-se de seu medo.

Cuidar duma fazenda como a Monte Selvagem cansa muito, simplificou Helena. Pediram Coca no Colosso, e indo ao longo do Largo do Rosário, de repente sozinhos no mundo, ante as casas amarelas e os sobrados atrás da Igreja de São Benedito, enfrentaram a ladeira da Visconde.

TERAPIA

Entrou e logo fechou a porta. Vinha com um pacote da Casa Gobesso e largou-o no sofá da sala de espera enquanto abria as janelas. Era um embrulho de papel verde, irregular, atado com barbante. Já no gabinete e desfazendo o pacote, expôs uns objetos de metal cromado sobre a escrivaninha. Ao mover as persianas, viu Pedro na soleira do Alemão. Faltavam dez para as oito. Amassando o papel, jogou-o no cesto e acomodou numa prateleira tudo o que estava na mesa, menos a ferragem do Gobesso: uma cremona com a cremalheira desengatada das hastes: alças: parafusos: arruelas: a maçaneta. As peças, amontoando-se na escrivaninha dum médico, não faziam nenhum sentido.

Aleixo destravou a porta às oito horas, antes que Pedro apertasse a campainha. Deu-lhe passagem sem corresponder ao cumprimento.

— Tire os sapatos e sente-se na poltrona de couro preto. Vamos conversar por meia hora. Depois vou injetar na sua veia um calmante.

Não estou nervoso, ele estremeceu. Ao ficar de meias, ridículas e marrons, sentiu a sua submissão e desprezou-se por isso.

— Você era muito pequeno — Aleixo deixou que a voz aflorasse no mistério dos tons graves e da monotonia — Mas acredito que a sua memória ainda retenha alguma coisa do sobrado onde os Ferrari moraram na Amando de Barros.

Pedro afundou na poltrona para afetar descaso.

— Via-se na calçada oposta a Sapataria Forli do grande Carlo Moscogliato — o médico começou a armar meticulosamente a cremona. — E do balcão, além do telhado da oficina, a horta que o Rio Lavapés alagava nas chuvas.

O rapaz não disfarçou a impaciência e a ironia. Alheio e de olhos sonados, perturbava-o sempre o medo, agora sob a forma duma desconfiança inominada e traiçoeira. Apenas ouvia o médico, antevendo obscuramente alguma punição.

— Eu morei ali antes de seu pai comprar a propriedade do Brás Nogueira — as recordações de Aleixo alongavam as vogais para escurecê-las de torpor e nostalgia. — Foi na sala de baixo que instalei o meu primeiro consultório. *Tive que enfrentar a resistência de meu pai* — não era uma tarefa simples engrenar a cremona.

Pedro manteve-se neutro.

— O consultório não se comunicava com a residência — a cremalheira girou em falso e repeliu a vareta. — As duas portas do sobrado, altas e com bandeira em arco, davam para a rua. Lídia me chamava do balcão. Eu subia a escada de marmorizado vermelho.

Eram vinte e dois degraus a partir dum capacho de fibra de coco. A claraboia iluminava em cheio o vestíbulo e o corredor — um parafuso rolou em círculo sobre a escrivaninha. Aleixo acabou por derrubar uma das hastes aos pés de seu desinteressado paciente. Pedro não se mexeu.

— Pegue essa ferragem... — gritou Aleixo. O rapaz não venceu o impulso vergonhoso de *obedecer*, agora recobrava tarde o orgulho, e erguendo a haste com a mão insegura devolveu-a ao tampo da escrivaninha. O calor do corpo, o suor na camisa, a saliva no canto da boca, a isso se reduzia a sua revolta contra a autoridade abstrata do médico.

Vou estrangular o doutor no laço do cinto. Aleixo, que esterilizara a seringa hipodérmica no estojo, dosava o medicamento. Arregace a manga e estenda o braço. Pedro atentou para a cremona em cima da mesa. Suportou a quente invasão do sedativo na veia. Quis desviar os olhos da maçaneta, não conseguiu, foi aparecendo gradualmente no seu rosto a lividez do horror.

Você era pequeno. Um desmaio consciente aprisiona Pedro a si mesmo. Onde depois seria o seu quarto, desfere o médico palavras anestesiadas, eu organizei a minha biblioteca. O espaço era retangular e estreito, ele diz. Você se lembra das três portas, Aleixo fecha o cerco. Entrava-se pelo corredor e no lado contrário estava a sacada. *A porta do meio levava ao quarto do casal,* um cavalo negro e selvagem resfolegava pelas paredes, e pateando no assoalho rompia num salto os vidros da claraboia. Nu e montado em pelo, despropositado o tropel dos cascos, espatifando-se no ar os frascos da cristaleira, Pedro sentia o suor do animal penetrar o seu corpo.

— Acorde, menino.

Submerso na memória turva, ele se desfazia da culpa com a morte no vácuo do precipício. *Era amplo o quarto do casal e os dois janelões abriam-se para os telhados e o arvoredo do Bairro Alto,* Aleixo incorria no sarcasmo involuntário. *Sob o crucifixo, ao fundo, a cama exibia o gosto francês de Maria Cecília. Junto ao ângulo das paredes, a outra porta mostrava um vestíbulo e depois o banheiro. As duas portas do quarto tinham venezianas brancas, com cremona, a maçaneta por dentro.*

— Não... — Pedro conseguiu articular a sua angústia.

— Você era muito pequeno.

— Não, pai... — enrijeceu os músculos, e livrando-se da poltrona, desatinado e cego, foi escorregando para o tapete e o cesto de papéis.

Aleixo completou a dose segundo a tabela suplementar de Lippmann. Não se desespere, meu filho. Sem repelir a ajuda do médico, o paciente retornou à poltrona, aquietando-se, embora com surtos leves de ansiedade e tremor. Você vai andar comigo ao longo de nossa antiga casa.

Não me interrompa, filho. Você gostava mais de sua mãe do que de mim. Eu não tinha como compensar as distâncias e evitar o agarramento porque precisava ganhar dinheiro. Eu viajava muito para Mato Grosso ou Cuiabá. O mercado do boi vinha sempre em primeiro lugar. Logo percebi que você me detestava. Até conversei com o Jonas a respeito disso, imagine, ele riu, ao homem basta que seja temido. Eu me fechava no quarto com a sua mãe e você chorava pela casa, sacudindo as portas.

Pedro lutou contra o torpor. Para ele o ar era água e os movimentos densos.

— Aleixo — ele ergueu pesadamente os punhos.

— Você não tem esse direito... — julgou ter falado. O médico dominou-o com suavidade tirânica.

Não me interrompa, filho. Os gemidos de sua mãe o torturavam. O queixume, essa ópera dos lençóis, que ela arrastava do gutural ao frívolo, subitamente explodia em risos e isso o enlouquecia de rejeição e abandono. Um cavalo arfava com eles pelo quarto, era nítida a visão, escoiceando a cama, e você se torcia pelos cantos aspirando um cheiro de esterco e feno úmido.

— Chega, Aleixo.

Com uma pelota de papel, um pedaço de jornal, era uma tarde de sábado e eu estava em casa, você tapou a fenda onde deveria penetrar a vareta inferior da cremona. Saímos do banheiro, trancamos a veneziana do vestíbulo, a porta de seu quarto parecia fechada. Não estranhamos o silêncio. A sua inocência, vingativa e temerária, calculou com precisão o tempo da descoberta e do susto. Você investiu de cotovelos contra a porta, escancarando-a para o assombro.

— Eu vou matar você, Aleixo.

Aquilo de bruços sobre a toalha e a colcha era

Maria Cecília Guimarães Ferrari. Lindíssima pelas secreções da avidez. A carnalidade, agora de joelhos, clássica e intensa, a face molhando a fronha, as coxas monumentais, afastadas e erguidas para a revelação da cripta e da capela crespa. Era o que você esperava ver, hipócrita? Sorver por todos os sentidos a aparição de seu desejo? Gritaram quando perceberam o menino no quarto. Fora daqui, desgraçado. Cobrindo precariamente o sexo com as mãos, o pai atingiu-o com uma almofada. Saia já daqui. Maria Cecília escondeu a nudez na toalha. Bandido. Degenerado. Ela deixou a cama com histérico pudor. Fora. Adão e Eva expulsavam Deus do paraíso. O menino teve uma convulsão.

Pedro teve uma convulsão. Recuperou-se logo. Apesar da repulsa que nutria pelo médico, e um resto de ironia ante a eficiência de suas mãos peludas e brancas, sem marca de cabo ou laço, aceitou o conforto da massagem nos ombros e no peito. Não discutiu a ordem de respirar cadenciadamente.

— Eu ajudo você a ir ao lavabo. Passe água fria na nuca e no rosto.

— Sei o caminho — apoiou-se no braço da poltrona.

Aleixo acompanhou com cautela clínica as hesitações do rapaz. A porta encostada, ele despiu a camisa e enfiou a cabeça sob a torneira. Depois, evitando o espelho, afagou o rosto na toalha felpuda. O suor não se deixava absorver. Na volta, demoradamente, refugiou-se na poltrona, sucumbido e culpado. A culpa o abatia e ao mesmo tempo o aliviava. Disse o médico:

— A reação de Atílio e Maria Cecília foi irracional.

— Aguarde um tiro na sua boca suja, Aleixo.

— Calce os sapatos antes.

Pedro baixou as pálpebras. Já duas horas duma tarde azulada e limpa. Estivessem no *Solar* da Rua João Passos e Maria Cecília mandaria exibir o chá num serviço de porcelana chinesa. Aleixo veio da copa com dois canecos de ágata. O aroma do mate sobrevivia aos apegos rurais do médico. Pondo um caneco no tampo da escrivaninha, ao alcance de Pedro, guardou com o paciente a distância científica e prescreveu:

— Sem açúcar para você. E esvazie o caneco.

O rapaz crispou os dedos ao tocar de leve a ferragem desarticulada da cremona. A perturbação pareceu diluir-se no vapor do mate. Porém, foi tomando a bebida como o faria um sonâmbulo, sem desviar os olhos da maçaneta e sem o comando dos sentidos. Não era um desafio, era fascínio. Aleixo observou-o detidamente. Pegou a ferragem com estardalhaço e lançou-a contra o assoalho. Pedro dividiu-se entre o susto e a irritação.

— Escute — disse o médico.

— Vou embora. Estou com fome.

— Recoste a cabeça no espaldar. Apenas escute e não pense em sair daqui sem que eu queira.

— Já ouvi bobagem suficiente.

Aleixo contornou a poltrona e postou-se fora da visão de Pedro. Exausto, o paciente mais imaginava do que via, recortado pelas lâminas da persiana, o céu do outono em Santana Velha. Não podia fugir do consultório e da verdade. Locomover-se até o lavabo cansou-o.

Inútil esperar da água que ela escorra sobre a memória e carregue os seus detritos. Pedro fechou os olhos.

Aquele sábado, além de não decifrar os mistérios que o obrigavam a vagar pela casa entre gemidos e estalos, mais o tropel de cascos sobrenaturais ao redor, criou outros enigmas e recalcou-os no seu inconsciente. Você aprendeu pela veneziana aberta que a nudez se escondia para enganar a vergonha. Mesmo a nudez de Atílio e de Maria Cecília Guimarães Ferrari. O espanto não estava apenas na violência visual da carne, subitamente estranha e voraz, mas também numa sofreguidão ridente, avassaladora, que vinha de onde e de quem? Há tragédias que carregam a promessa do próprio ridículo, e antes que isso aconteça, é preciso sepultá-las. Com muita frequência as culpas são enterradas vivas. Um dia, distorcidas e alarmantes, elas reaparecem desde que a vida recomponha o cenário de sua existência. Aleixo permaneceu atrás da poltrona. Ouça com atenção. Você primeiro enfrentou o sexo como *fato* e só depois como *conceito*. Este se formou em torno duma comoção perversa. Isso esclarece a causa de sua preferência por meretrizes. Você falha porque cada mulher de rua reproduz na sua consciência a imagem de Maria Cecília.

— Pelo amor de Deus... — o rapaz atirou-se ao chão e bateu o ombro na mesa. Abraçado a uma enorme fadiga, encolheu-se e ocultou o rosto. — Isso é demais. Eu vou embora.

O médico agarrou-o com força.

— Levante-se.

— Eu não fico mais aqui.

Aleixo conduziu Pedro de volta à poltrona.

— Eu ainda não terminei — avisou.

A DANÇA DO DIABO

Pense nos precipícios de Monte Selvagem. À noite as cascatas do Peabiru despencam do céu e o rumor desperta os ossos calcinados. Onde a memória de sua carne? Injusta é a sensação de apreciar o perigo de longe. Ninguém melhor do que o médico para superar os riscos da passagem entre a segurança e a atração do desconhecido. O velho Jonas sempre considerou o Atílio como o caçula da família. Adocei um pouco o mate. Beba pelo menos meio caneco. Não lute contra si mesmo. Sou seu amigo, Pedro, mas antes de tudo sou um médico. Isso que parece a você uma expansão de minha autoridade, quase uma agressão, não passa da prudência firme que a medicina aconselha aos médicos. Vamos conversar sobre o tropel dum cavalo.

— Que cavalo?

Perturba-o uma recorrência onírica. Nu e montado num cavalo selvagem, despropositado o tropel dos cascos, sente o suor do animal penetrar o seu corpo. O cavalo salta com ele para o fundo do sonho. O doutor Losso anotou isso na conclusão do laudo. Falemos sobre o pesadelo.

— Não existe pesadelo nenhum. Inventei uma baboseira qualquer para distrair o Losso e me livrar mais cedo do exame.

Aleixo não modificou a expressão do rosto. Pegou a cadeira da escrivaninha e sentou-se defronte do rapaz. Inclinando o corpo, fixou o olhar muito claro na face de Pedro, sem atormentá-lo, porém a cada momento mais claro e invasor, e o paciente se esquivou como quem adia um compromisso de pouca importância. Conversemos sobre pesadelos arquitetados, insinuou o médico.

— Eu disse ao Losso que tinha mais o que fazer. Estou dizendo o mesmo para você agora.

Coincidentemente eu sempre quis escrever um ensaio sobre esse fenômeno, os sonhos falsos, os pesadelos gerados pela imaginação consciente, o título seria *A interpretação dos sonhos inventados*.

— Comece logo — escarneceu Pedro. — E se por acaso eu estiver atrapalhando a evolução da ciência, ciao.

Comecei ontem. Esticado a tarde toda nessa poltrona de couro preto, macio, quase vivo, eu o queria pulsante como o dum cavalo junto à cernelha. Fiz do consultório um estábulo. O cheiro do cavalo acordava o meu suor para secá-lo a galope. Eu estava em Monte Selvagem e o belo animal me levava para o precipício. Vi algumas vezes você e o Roque num tordilho, também num baio de Bento Calônego. Na ausência de Maria Cecília, e sem comprometer de frente o código familiar de proibições, Atílio permitia que você cavalgasse na garupa com o seu irmão.

— Meio-irmão.

Sou médico e não advogado. Você era um menino. Roque montava com elegância, o torso nu e os pés descalços no estribo. As musculaturas, dele e do cavalo, articulavam-se com simetria. Você apertava o rosto nas costas de Roque. Empurrada a porteira, o cavalo desaparecia no outeiro e no arvoredo, o tropel dos cascos ia sumindo aos poucos, já não se atinava com o rumo da disparada ao redor dos abismos. A estratégia de Aleixo sugeria que ele se interrompesse. A angústia impôs a Pedro uma pausa na respiração. Dentro da sala, o silêncio preencheu-se a si próprio, densamente. Curtido e duro, como se o corpo se resumisse a ossos velhos, Pedro emergiu de seu inferno privado.

— Roque Rocha punha em perigo a minha vida nesses passeios.

— Descreva as circunstâncias — e o médico provocou: — Você fala de tentativa de morte?

— Nunca pude ter certeza.

— Nem mesmo quando passou a chamar o seu irmão de Roque Rocha, como se dissesse Smierdiakov?

— Aleixo, não tenho certeza.

— Não tem certeza... Desbravemos então as incertezas. Eu suponho que você e Roque Rocha ainda mantenham pelo menos algum sentimento remoto de fraternidade.

— Não. Ele me enoja.

— Logo a certeza se mascarou em repulsa, e o bloqueio sitiou-a sob a casca da ferida.

— Não sei. Eu não sei.

— Pedro, muitas vezes a certeza que não se tem apenas se perdeu no caminho, mas lateja para ser encontrada.

— Eu era uma criança tola.

— Nenhuma criança é tola. Isso é privilégio dos adultos.

— Menos dos médicos e dos sacerdotes, esses cães de guarda de todos os sigilos.

— Conte o que aconteceu, Pedro. Não seja tolo agora.

— Sim. Vou acabar com o interrogatório.

— Invente outro sonho — Aleixo improvisou com humor ambivalente. — Em psicanálise o falso é um viés do verdadeiro.

Alongando-se na poltrona de couro, os olhos parados, Pedro não se interessou pela ironia, talvez nem a tivesse ouvido. Os indutores da confissão já atuavam nele. Faz muito tempo. Uns vinte anos. Roque Rocha sempre se recusou a dar nomes aos cavalos. Ele preferia o tordilho. Nenhum dos outros cavalos de Monte Selvagem, ou de todo o Peabiru, correspondia ao domínio de Roque com uma animalidade tão dócil. Os cascos tropeçavam à beira do precipício só para que as pedras se desfizessem na margem e se sepultassem nos desfiladeiros. Meu pai arrumou um nome para o tordilho. Thor. Sufocado por um pavor frio, eu me agarrava ao cinturão de Roque, e à sela, para não ser arremessado ao espaço. Eu parecia montar não um cavalo mas a alucinação da velocidade. A garganta da serrania me puxando para dentro, eu sentia o bafo ciiante e sombriamente despótico da cordilheira e suas fendas lapidadas. Nunca eu falei nada a meu pai e a ninguém: não queria que me tomassem por um covarde: mas à noite, na casa da Rua Amando de Barros, quando o tropel dos cascos me atordoava na cama, e me enlouquecia, caindo do teto uma chuva de poeira, e da claraboia, eu precisava de Maria Cecília Guimarães Ferrari. O que é o medo senão o entendimento estilhaçado do mundo e de si mesmo? A escuridão do quarto me perseguia. Na fuga, eu buscava no colo de minha mãe o ímã que me recompunha. Até que meu pai me expulsava. Um dia, na fazenda, com uns clarões de temporal na Cuesta, Roque surgiu montando o Thor e parou junto ao gradil do alpendre, sem a sela e nenhum arreame. Vamos cavalgar no lombo do demônio, ele riu só com os dentes, não com a boca e muito menos com o olhar vidrado. Da sala meu pai não podia ouvir isso. Bem devagar, fui amontoando na caixa as peças de meu brinquedo, *O pequeno arquiteto*, e dando as costas a Roque, ainda confuso entre a resistência e o perigo, entrei na sala e encostei a cabeça no braço de meu pai. Thor escarvando os pedriscos do pátio, ao longe, em torno de Monte Selvagem e do Rio Pardo os trovões eram avermelhados, ou violáceos, e rugiam pelo planalto, Roque afagava a crina do cavalo e me chamava com um gesto de comando, e ele se exibia com garbo, cercado pela aragem feroz da tarde, e um estalo no horizonte, ampliado pelo eco ou por minha dúvida, eu o espiava através do gradil, só depois eu saberia, ali, naquele instante, pela primeira vez eu enfrentava a maldade inata, escarninha e plena de ameaça. Talvez febril, eu o olhei nos olhos. Já estava decidido. Porém, secretamente, a minha recusa desentranhava a pior das culpas: a dos traidores. Ele se afastou do alpendre, encarando-me. Na porteira, cuspiu o seu desprezo. Sobrou chá no bule?

— Pare um pouco.

— Não — serviu-se do mate e da desobediência. Nunca mais Roque me convidou para a garupa. Dez anos mais velho do que eu, aos dezesseis já estava espigado. Deu para sumir no meio do mato com uma mochila de lona e coturnos do Exército. Só conversava com a suave Maria da Penha. Bom peão, viajou com a tropa para levar um gado cuiabano até São Luís de Cáceres. Reapareceu de barba e pele escura, fumando palheiro, nenhum resto de infância na sua solidão. Roque mastigou a haste de capim. Venha comigo, e ele tomou a dianteira, escalando a piçarra. Eu não disse não. O orvalho já se dissipava, não a neblina sobre o Pardo, e nos fundões a manhã ainda resistia, escura e úmida. Ali as samambaias ocultavam a trilha e me molhavam até o peito. Venha comigo, isso era o perdão, e as abelhas zuniam no tronco. Espinhos, teias de aranha, cipós, folhas leitosas embaraçavam o rumo, nossos passos alarmavam o chão, eu nunca fui o pior dos mateiros. Não pensei que estivesse tão perto a cascata do Peabiru. Chegamos a uma plataforma de pedra vulcânica. Subitamente, abaixo daquele degrau fosco, o vazio tragando o vazio por onde pairava um gavião, esculpiu-se na surpresa e no susto o despenhadeiro. O tempo, com as suas águas, cavara um rego na pedra, uma rampa que se alargava até uma bacia. Aterrorizado, entalei o meu corpo na forquilha dum cambará. Logo compreendi que não teria o conforto de meu irmão. Ouvi uma risada na copa do cambará. A consciência de meu suor nas têmporas e na nuca acabou por me revelar que o socorro viria apenas da árvore a que eu me agarrara. Colei o rosto na casca acre e áspera enquanto um farfalhar acompanhava o movimento de Roque na última forquilha. Fosse noite, ou pesadelo, eu seria arrebatado pelos ares e sepultado naquele forno frio da serrania, medonho e imenso. Eu me perdi de mim mesmo. Não conseguia sair do lugar. Quando vi Roque saltar para o abismo, fugindo de minha visão, eu não acreditava nisso e me senti enlouquecer. Vergonhosamente, eu temia que meu pai soubesse, urinei na calça. Uma corda esticou-se até o tranco e começou, sozinha, um balanço pendular. Um cheiro de colchão mijado, Roque surgiu na ponta da corda, vomitei na gola da camisa, e logo desapareceu. Venha comigo, Pedro. Afundou, e de novo emergiu, as pernas em posição de impulso, os braços me seduzindo para o nada, na face de Roque uma alegria diabólica que vinha do rancor e do ódio. Entretanto, eu nada sabia do ódio, como pude reconhecê-lo? Com muito esforço, o cheiro azedo de minha camisa me aborrecia, virei o rosto para a esquerda e fixei ainda que turvamente o capão de mato. Percebi que chorava. Eu estava sujo e transtornado. Desencostando-me do cambará, esfolei os joelhos na trilha. Então a dor me devolveu o sentido de meu corpo. Mais eu me distanciava da plataforma, penetrava-me o halo das árvores, eu me livrava das atrações maléficas de Roque e seus precipícios. Exausto, mas consciente, eu me enfiei pelo mato, acabei confundindo os caminhos e entrei num charco. Precisei correr dos mosquitos e rolei numa fenda da piçarra. Depois, na Santa Casa de Misericórdia, Maria da Penha me explicou que eu tive uma *febre perniciosa e um delírio de alma penada.* Na casa da Rua Amando de Barros, minha mãe me cercou de cuidados e perguntas. Não falei nada.

A CARNE HUMANA

Falemos agora. Se o meu irmão Dante estivesse aqui conosco, neste sábado terapêutico, ele apontaria a culpabilidade como violação da norma nítida. Porém, a culpa nos casos clínicos, não criminais, pode violar proibições apenas suspeitadas, ou pelo menos não conhecidas do paciente. Essa *inocência* não inibe a culpa psicopatológica. Ela ocupou a sua mente, Pedro, a partir do episódio que assombrou você e seus pais no quarto. As suas noções sobre o sexo eram vagas e se consolidaram com a culpa. Os homicidas, sujeitando-se ao rigor carcerário, recuperam-se moralmente do que fizeram. Não se diz o mesmo dos neuróticos, ou dos psicopatas do Charcot, condenados à inocência ou ao eletrochoque. Muitas vezes, do ponto de vista científico, o crime e as perturbações da mente operam em fronteiras comuns, e isso possibilitou a um réu do Dante, autor da morte do irmão mais velho, escrever ao pai este bilhete: "Querido pai. Hoje matei Celso com três facadas. Não se preocupe. Estou bem e com a cabeça boa."

Aquilo no rosto de Pedro assemelhava-se a um

sorriso. Estou cansado, disse e ajeitou-se na poltrona. Indo até a persiana do canto, Aleixo afastou duas lâminas. Atílio espera por você no Pastel do Alemão. Um tanto retraído, o olhar tardo, Pedro levantou-se para respirar fundo. Notou que as paredes eram claras e a luz da hora ardia como numa lareira branda. Quando Maria Cecília gritou "degenerado", ela apenas atingia Roque para desvendar a lascívia de Atílio antes e fora do casamento. O vidro do armário espelhou a imagem imprecisa de Pedro, ou de Roque, ou de Atílio, e ele agora sabia que o teto do consultório era branco. Cavalos não galopam pelas claraboias. Nem mesmo Thor, sacrificado com um tiro de Winchester em Conchal, na curva mais espraiada do Rio Pardo, e cujos ossos a Cordilheira do Peabiru resguarda como uma aparição fugidia e faiscante. Thor fraturou uma quartela dianteira. Se Roque Rocha buscou ou não o cenário de minha morte, não importa, fico com a certeza de estar vivo e longe das dispersões de seu suor de cavalo.

— Obrigado, Aleixo.

— Os sentidos não inventam. Nem o sexto.

— Eu sei — disse Pedro.

— Sem bebida alcoólica hoje. Sem putaria sempre.

— Ciao, Aleixo.

— Você criou fantasmas em cativeiro na sua mente. Dio mio. Isso é pior do que praga de moscas. Seja mais tolerante com a carne humana. Ciao.

— Ciao.

CAPÍTULO III

ORSO CREMONESI

Santana Velha, 1953. Comentaram que o professor de português do Voss Sodré, de Conchal, teria o desplante de proferir no *nosso* Salão Nobre, aos sábados, um ciclo de três conferências sobre *Literatura e sociedade.* Aos dezoito anos não perdoamos a audácia dos vilões. O que um exemplar dessa espécie poderia dizer que Montgomery Clift e Sinatra não soubessem? Como permitir que insanos tomem de assalto o sagrado recinto onde discursaram Paulo Vendramini e Malavolta Casadei? Decidimos sabotar já a primeira palestra, e não nos impressionou o nome da vítima: Antônio Carlos Orso Cremonesi. Esse renegado amaldiçoará o dia em que leu Bilac e Fagundes Varela. Além de nós, em Santana Velha, nenhuma outra raça de celerados sacrificaria uma tarde de sábado na Cuesta por uma conferência literária. Não irá ninguém, previmos com o esgar e a dureza de Humphrey Bogart em *O falcão maltês.* Afrouxamos a gravata do Terceiro Científico e com as mãos nos bolsos do paletó, comprometendo as costuras e o aprumo, saímos da sala de aula para o corredor de ladrilhos porosos. Uns calouros do Ginásio, por ali, coadjuvantes sem talento, abotoavam a túnica antes de enfrentar o Salão. O nosso desdém encobria a saudade da farda cáqui. Contudo, no escritor sobrevive um artista que rasga e queima os uniformes. A negligência sob medida, fomos andando rente aos janelões da esquerda, com poiais, onde o sol expunha os seus teoremas. Algum enfado, o humor ferroso e a ironia no gatilho, ninguém reparou quando entramos.

Surpreendentemente, nossas personagens lotavam o auditório. Até a professora de inglês, Bete Davis, viera com uma caderneta de notas e trocava thoughts com a de espanhol, Patrícia Medina. Só conseguimos lugar nos fundos, atropelando Farley Granger, do Primeiro Clássico. Virgínia Mayo, de geografia, parou na porta. Selene Teresinha Soalheiro de Carvalho olhou para trás e me viu. Antes que o meu ardor se transmitisse por inteiro, o Gary da Quarta Série, sempre hesitando entre Cooper e Grant, mas nunca sobre Adams, mascando um despudorado tutti-frutti, cresceu entre mim e a Selene, e só tarde demais eu recuperei o ângulo. Selene me oferecia as costas. A fita em seus cabelos me doía. Serei sempre a favor da pena de morte para quem rumina chiclete. O diretor Pinheiro Machado, barítono e monarquista, ergueu-se. O silêncio se fez com naturalidade. Mas onde se escondia Antônio Carlos Orso Cremonesi?

Vimos o professor de Conchal. Alto, um pouco pálido e magro, já era idoso, uns vinte e três anos. Deslocando-se para a tribuna, regulou a altura do microfone e acentuando a ruga entre os olhos, severo e seco, esperou de Pinheiro Machado o desfecho de seu discurso, ele já estava na terceira citação de Cícero. Depois, a voz ressoando nos graves, Orso Cremonesi espalhou pela plateia o olhar inquisitivo. A literatura é um fenômeno social, disse. Mas o escritor é revelado por sua singularidade: o que não significa que ele seja diferente dos outros homens. A vocação literária exige, e isso é uma contradição apenas na aparência, que ele seja *igual a todos*. Num romance de duzentas personagens, o romancista precisa ser essas duzentas personagens. Caso não seja, a narrativa estará destinada ao esquecimento e ao sarcófago dos sebos. Nem a curva do pescoço de Helena Galvão Ruiz, na terceira fila, distraiu Paulo de Tarso Vaz Vendramini. Eu rabisquei a Paulo um bilhete: "Muito me desagrada ser *igual* ao Alvarenga, ao Major e ao professor de desenho, o Bóris Karloff." O escritor se vale de *signos*, e a mão de Orso pesou na tribuna. O escritor sabe que a construção permanente de *signos* não esgota o *significado* do mundo. No mundo há mais significados do que signos. Atua o escritor na revelação diária desse mistério. Vendramini devolveu o caderno com uma resposta quase ilegível: "A igualdade é ficcional. Por que escrevemos? Porque no mundo há mais significados ocultos do que signos editados."

Não trouxemos ovos podres para atirar em Orso. Logo não havia nenhuma virtude em não atirá-los. Algum tempo depois confessamos isso a ele, ele riu, estávamos no Pireu's de Conchal, numa das mesas da calçada. Absolvidos, nossa penitência consistia em escrever poemas eróticos. Rimem página com vagina, e ele acendeu outro cigarro. Enquanto o garçom esvaziava os cinzeiros, ficamos amigos. Já não parecia tão idoso. Nunca iniciou a leitura dum texto sem apertar a cortiça dum Elmo entre os dentes da frente e derrubar cinza na gravata, nos papéis, esparramando a ficção na mesa ou na soleira da porta, onde estivesse. Era compulsivo em tudo o que fazia. Amava o botequim e as inconveniências do juiz Gregório de Matos. Não precisava do chope para falar e ouvir com entusiasmo. O casaco amassado, o bolso cheio de restos de giz, ele atraía as meninas do Voss Sodré. Até uma das garçonetes do Bar do Ciro, da Rodoviária, chamava-se Leila, colocou-se na linha do abate fácil. Orso Cremonesi tinha os cabelos crespos e negros, alisava-os com o punho, nervosamente, não evitava o gesto nem mesmo nas aulas ou nas palestras. E naquele sábado, ainda que observasse as pernas de Virgínia Mayo, de geografia, notou que ela trazia ao colo o *Diário dum pároco de aldeia*, de Georges Bernanos, e ele tornou a Santana Velha para emprestar-lhe *Sob o sol de Satã*, em francês. Na comunicação trivial, ele disse, a palavra tem *sentido*. Mas, na literatura, o *sentido tem reverberação*. O escritor é o primeiro a senti-la ao elaborar o texto, *essa eletricidade* a ser partilhada com o leitor. Virgínia Mayo aplaudiu em pé.

Os estudantes o cercaram com respeito e perguntas na Praça Martinho. Muitos se queixaram da poesia hermética. Orso estacou antes de vencer a sarjeta, simulando espanto. Não há poesia hermética, ele disse, há leitores herméticos. O riso divulgou esse epigrama, e outros, não há escritor maldito, há leitores inéditos, com uma amplitude que tirou o sono de Morais Pedroso, de história, e do velho Ataliba, latim e português. Não há poesia profana, há deuses heréticos. Entretanto, não conseguiram de Pinheiro Machado o cancelamento das últimas palestras.

Alguém, na rua, admitiu não entender nada de

análise sintática. A tarde ainda brilhava nas telhas do Seminário, e o frio já se anunciava no vento que movia as folhas na calçada. Abram alas, pediu Orso, e caminhando para a parede do Tênis Clube, obstinado e sério, tirou do bolso um giz. Escreveu: "Gênio é o talento com tempo. Jovens escritores, tenham tempo." Separou, num diagrama, as pulsões internas de cada juízo. "Se Deus existe, tudo é possível: o amor e seu custo. Proibições são indulgências pelo preço justo." Depois mostrou os pontos de junção e sua natureza, intimamente ligada aos sensores humanos da comunicação. Anchieta dos muros e do passeio público, ele ajoelhou-se para imprimir no piso apenas uma aula: "A linguagem carrega a vida e a morte. Ou o contrário? Mera matéria indivisa e sem corte. Fadário."

Na verdade, só alguns estudantes compreendiam além do arrebatamento. *A análise dependia da matéria a ser analisada. A inteligência reage simpaticamente ao estímulo.* Isso recordava nos alunos do Quarto B, masculino, a irritação que o texto para exame causou em todos durante a última prova de português. O professor Ataliba Osório da Costa, sem idade e sem dentes, e que se nutria da própria saliva, bordou na lousa: "Menina e moça me levaram da casa de minha mãe para muito longe."

Orso chegou ao poste e circundou-o. "Os loucos não pecam. Estão a salvo de Deus. Não do demônio." A admiração dos rapazes ainda cresceu quando se propalou que ele e Virgínia Mayo, de geografia, viajaram juntos no trem noturno para São Paulo.

Arrependidos, não chegamos perto do professor: nem preparamos alguma dúvida criadora: sufocamos na timidez o nosso talento. A vergonha nos acompanhou pela Siqueira Campos até a esquina com a Cardoso de Almeida. De propósito, na frente dos Correios, esfolei a biqueira do sapato contra uma pedra, chutando-a rancorosamente. Somos tolos e presunçosos, eu confessei. Paulo de Tarso argumentou, isso significa que somos alguma coisa. Podemos evoluir de tolos para medíocres. Ainda alcançaremos esse professor. Gênio é o talento com tempo. Andorinhas alinhavam-se nos cabos elétricos. Não alcançaremos, eu acusei a ambivalência da frase. O Orso já ocupou um banco de palhinha no trem de Conchal. Paulo se despediu em silêncio e rumou para a Marechal Deodoro. De lá era menos difícil a baldeação para Damasco. Pensei, vou engraxar o sapato, era um Clark.

Nessa noite, dormindo, escrevi o meu romance a giz pelas ruas de Santana Velha, cobrindo os muros e o calçamento. Comecei pela Curuzu do início do século, e a poeira das palavras branquejou sobre tropeiros, mulas e balaios. Recolhia-se esterco na terra entre os passeios estreitos, forrados de arenito vermelho, as moscas resvalando pelos olhos, pelas orelhas, pelos cabelos, nada me importunava e eu seguia escrevendo. Defronte das vendas, em cada esquina, carroceiros mostravam a sua carga de lenha, mulheres de avental ofereciam cocadas em tabuleiros. Ataquei o chão das ladeiras enquanto quarenta pianos tocavam Czerny. Meu giz não se consumia. Debaixo do céu nítido, um cheiro de braseiros e urina de cavalo, eu escrevia nas paredes, nas vielas, nas escadarias, na casca lisa das caneleiras. Alucinado, caminhando torto do Bosque até o Espéria, crivei de palavras a fachada amarela, a escada de ipê e o rinque de patinação. Escrevi na porta da Catedral, nas torres e na túnica de Cristo. Correndo pela Dom Lúcio, e já no cemitério, alterei as inscrições de todos os túmulos. Acordei quando o giz atingia de leve a saia azul de Selene Teresinha Soalheiro de Carvalho. Meu Deus. Em algum lugar de meu peito, de minha garganta, de meus nervos, esse romance está escrito.

OS RETRATOS DO SALÃO NOBRE

No outro sábado fomos os primeiros a invadir o Salão Nobre, mordendo a lapiseira e folheando depressa os cadernos. A gravata e os cabelos fora do lugar, logo ocupamos a terceira fila, atrás dos professores. Estrategicamente, ficamos perto de Virgínia Mayo, geografia, de vestido curto, perfume de banho e pernas circunflexas. Eu estava inteligente e calmo. Paulo de Tarso parecia ter sucumbido a alguma visão em Damasco: tomava notas sigilosas e instáveis. Pinheiro Machado disse que Orso dispensava outra lista de citações latinas. O auditório reagiu com um murmúrio ridente. Os olhos de Orso esverdearam os joelhos de Virgínia. Pedagogos e fundadores de Santana Velha, a óleo e em molduras lavradas, ao longo das paredes, espiavam com neutralidade o conferencista. Lá estavam, históricos e impenetráveis, Lee J. Cobb, o jesuíta Jack Palance, o bispo Peter Lorre, Edward. G. Robinson e o cônego Basil Rathbone. A literatura recria no silêncio e na solidão a estridência do mundo, Orso se deteve em cada um dos retratos do Salão Nobre. Só por isso o verso é arma de gume e siso, ele afirmou. A literatura não será nunca o refúgio dos resignados e dos evasivos. Exercício de crítica e portanto de combate, ela convoca quem se sente capaz de desfazer-se dos retratos solenes. Bete Davis, inglês, arqueou uma sobrancelha e voltou-se para Morais Pedroso, história, ele imprimia numa caderneta de chamada o suor de suas inquietações. Girando no dedo artrítico a aliança, Morais Pedroso recordou Tutancâmon, jovem faraó que se despediu dos vivos por uma pancada no crânio, anônima e terminativa, ou pela política do envenenamento. Esse rapaz só pode ser comunista, ele grunhiu para Bete Davis.

Mas a aula de Orso logo se concentrou na estética do naturalismo. Nada supera essa técnica de aproximação da realidade que acrescenta ao realismo a simetria científica, ele disse, induzindo o escritor ao compromisso com o inquérito antropológico e, do ponto de vista da psicologia, com as cogitações eternas do espírito humano. Em arte, o que não for naturalista é barroco, ele disse, para a desesperança de Ataliba, latim e português, cujo entendimento claudicava. Orso rascunhou um sorriso. Tudo isto está nos textos, ele disse. Nunca se esqueçam de que as dificuldades publicadas em livros servem exatamente para eliminar os leitores insignificantes.

Pinheiro Machado ergueu o queixo monárquico. Após uma pausa, Orso observou que numa perspectiva histórica a *moral comanda a estética*. A estética do século XIX, sob pressão moral, não permitia a Zola, por exemplo, que esgotasse a potencialidade do naturalismo. A moral de hoje afrouxou a pressão sobre a estética, pelo que o naturalismo do século XX difere do anterior na energia e na liberdade. Eu prevejo um tempo de moral nenhuma e de estética torpe. Será um tempo de resistência em que quem tiver cultura não se conformará em ser um leitor inútil ou insignificante.

A sabedoria na juventude é o desperdício de ambas, refletiu a amarga Bete Davis, e enviesando o canto da boca para imitar o desbravador Lee J. Cobb, esfregou os seios na blusa fofa, o que eu não faria com esse menino na cama do Hotel Glória, porém sem esforço resgatou a inocência dramática do rosto, what warm, e recitou mentalmente os clássicos, like this, dear child, help my angry hole now, fuck your unhappy kitty, all body, all soul, all life. Não é raro chegar-se à inocência pela fadiga da tentação.

Bateram palmas. Na última conferência, os debates se estenderam até a noite, Orso falou sobre o violeiro Aldo Tarrento e a distância que o crítico deve estabelecer entre o mero primitivismo em poesia e a essência telúrica de alguns poetas. Salivoso e triste, mascando a sua insipidez sem digeri-la, Ataliba gostava de Aldo Tarrento, mas em segredo, jamais admitiria isso em público. E esse rapaz, Orso Cremonesi, não só transformava o violeiro em assunto de palestra, ainda articulava a sua aula em pleno Salão Nobre.

Meu canto não sobe a escala

nem paira por sobre o abismo,
nem mesmo quando eu me perco
na sala. Recordo. E cismo.

Hesitante a princípio, depois com sonoridade crescente e emotiva, o auditório começou a cantar.

Meu peito tem sete cordas
partidas e repartidas.
Quem quiser me traga a cola
de dolorida ferida.

Meu peito tem sete cordas,
nenhuma desafinada.
E hoje ninguém me amola.
Faço parte da viola.

Já estavam acesas as outras lâmpadas, do corredor e da escadaria. Em noites como essa, vista da Praça Martinho, a Escola Normal brilhava como um transatlântico noturno, a luz das vidraças atingia o escuro com um halo evocativo e lunar. Orso fechou na tribuna a sua pasta de couro. Em literatura, conteúdo é só escrúpulo. A forma não é importante: basta que seja perfeita. No saguão do corredor para a escada, junto ao mostruário da História do Café, ele interrompeu a conversa para acender um cigarro herético. Depois, olhando-nos diretamente, indagou. São vocês os escritores desta instituição? Vendramini? Malavolta? Congelamos de susto e só nos recuperamos pelo pavor.

Somos. A impressão de que ele nos pegou pelo pescoço só foi desfeita mais tarde quando Paulo de Tarso, sob juramento, me garantiu que ele apenas apoiara as mãos em nossos ombros.

— Podemos descer juntos? — ele sugeriu.

Mas a garota Sandra Dee, da Segunda Série, enfiou-se pelo grupo, sinuosamente, os cadernos na gola da blusa e a voz um tanto rouca.

— Professor, eu gostaria de saber o que o senhor acha do soneto.

Orso:

— O uso do soneto faz a boca decassilábica.

O ESCULTOR

As moscas. Ninguém mais no botequim de Yoshioka Ide, a não ser a cadela no cercado da cozinha, com seis filhotes. Ele aproveitou na horta a água do balde sob a pia. Vinha do rádio uma catira. Devagar, mas diligentemente, ele esfregou o pano ao longo do tampo de estanho e varreu a serragem até o latão. O céu pesava sobre os telhados de Conchal, plácido e morno. Chegando com a vassoura na soleira, Yoshioka Ide olhou a estrada, na bifurcação para o Cemitério dos Escravos, reconhecendo ao longe o negro Fídias. Por isso o dono do botequim retrocedeu e dependurou a vassoura. Achou que devia desencardir as mãos na torneira. Talvez fosse velho o negro Fídias, os cabelos grisalhos, crespos, o andar um pouco lento, ainda que decidido e másculo. Sandálias, a calça de zuarte e a blusa branca, ele entrou no botequim. Yoshio dirigiu a ele a reverência do costume. O negro Fídias ganhava a vida esculpindo-a em argila.

Muito alto, ocupou o lugar do canto, e sem pedir nada, recostando-se rigidamente ao espaldar, estendeu os braços na mesa. Com a escumadeira de alumínio, Yoshio tirou da estufa uma broa de fubá. Levou-a na gamela ao negro Fídias, com um caneco de água da

Fonte São Joaquim. Cerimonioso, ele voltou ao balcão para coar o café. Pausas e hesitações no gesto, com elegância, até com pudor e melancolia, o negro entregava-se a sua solitária refeição.

Quando modelava o barro ou entalhava na madeira, ele transferia a visão para o tato e a audição para o silêncio. Sua arte era um dom da cegueira e da surdez. Com anatomia íntegra e forma que usurpava o espaço, as esculturas escapavam da faca ou de suas mãos. A viola recitava a moda no rádio e o cheiro do café varou a tarde. O negro Fídias tomou o café no balcão, onde deixou quatro moedas.

ÓDIO

Santana Velha, 1955. Sem se importar com o vestido, ela arrasta-o pelo soalho, Neide entra no quarto e examina-se no espelho. Grisalha e encaroçada, não tem pescoço e nem seios, mas uma trouxa de banha entre o umbigo e os ombros. Varizes enlaçam as suas pernas. Parece um homem e ela desliga a luz. Ajoelha-se na cama de Bira Simões, deita-se gordamente, as molas se comprimem desprendendo estalidos, e se distendem, ela mais se esconde do que se cobre, fechando os olhos pelo pudor. Ela demora para dormir. O ódio a mantém de sobreaviso, não ódio de Leonildo ou de Maria Emília, apenas ódio, arrancado aos poucos pelo choro e serenado por dez anos de lembranças.

Neide levantou-se antes das cinco, porém Leonildo já escolhera na cesta do padeiro os frios e os petiscos de forno. Mais tarde viria o entregador de miúdos. O negro varreu a calçada, de cabeça baixa, só depois desempilhou os mochos. Regou as plantas e esvaziou os engradados, arrumando-os no corredor. Disse a mulher. Leo. Venha tomar café. O sol da manhã parou na porta. Leonildo pegou a xícara e soprou o vapor.

Agradeceu com um gesto culposo. A separação sempre feria com a delicadeza exata e sem retorno da fatalidade. Estava doce e forte. Ele mesmo lavou a xícara. Atrás do balcão, medonha e enorme, Neide esparramou os braços no tampo e deslocou o telefone preto.

A garçonete é filha da cozinheira, são de confiança, a patroa esqueceu o nome de ambas, irão para o Leonildo's dentro dum mês, sem os trastes deste botequim sujo, quero tudo novo, mas com o retrato de Bira Simões na parede, agora são oito horas porque o doutor Gabriel Cesarino Vasconcelos de Abreu acaba de sair com o Chevrolet Sedan. A filha de Orestes Gobesso, loura e esguia, o penhoar sobre a camisola, acena da janela e desaparece atrás da cortina. Essa menina, a patroa não lembra o seu nome, nunca entrou no meu bar. O doutor já esteve aqui para comprar cigarros. Leo foi embora: logo ele se casa com Maria Emília: vamos ficar ricos com o restaurante da estrada: eu sou Neide Simões. Meu nome não me abandonou. Isabela. Lembrei o nome da mulher do doutor.

Mais um mês e fechariam o bar. Um caboclo de Avaré propôs alugar as instalações desde que se mantivesse o apelido de Bira na tabuleta. Jamais eu faria isso com o meu marido. Ele segue comigo para o Leonildo's. Uma tarde, Neide molhava o tronco da goiabeira, viu de relance o rosto de Isabela na vidraça do quarto. Ela puxou a cortina.

Retornando pesadamente ao mocho onde deixara uma assadeira secando, Neide observa o sobrado. Nenhum movimento. Atingido pela luz do sol, o cipreste no centro do jardim, isolado e alto, lança a sua sombra no mármore da escada. Para quem sorria Isabela? O Chevrolet Sedan não estava na garagem. Os Gobesso e os Abreu não tinham o hábito da visita fora de hora. A negra dos tachos e as arrumadeiras só permaneciam no sobrado até as três da tarde. Isabela detestava que a perturbassem no estúdio de pintura. Raramente jantavam em casa, e quando recebiam, acintosos, de janelas iluminadas e elegância exposta, convocavam a cozinheira dos Gobesso e — de uniforme e empáfia — a criadagem dos Abreu. Nunca experimentaram a empada de meu bar.

Leonildo conseguiu o preço médio pelo frigorífico e as prateleiras. Decidimos que mesas, cadeiras e mochos, com verniz de barco, iriam para o pinheiral ao redor do restaurante, fincados por ali, sob os quiosques com teto de piaçava. Neide recuperou o brilho bovino do olhar. Já não era desconfiança: alguém visitava Isabela na ausência do doutor. Vale a pena consertar o relógio, ela sugeriu com vivacidade. Um dia, um resto de estoque para liquidar, ela tirando o pó do telefone preto, um homem escalou o muro dos fundos, eu não estou tendo alucinações. Vou trocar a moldura do padrinho, disse Leonildo e saiu com o Bira debaixo do braço. Atrás do muro estavam os armazéns da ferrovia.

Um tremor, e depois um medo cálido, sentimentos nobres e justiceiros afloraram no suor de Neide. Desamarrotada no balcão a página de anúncios do *Correio de Santana*, ela riscou um círculo no endereço do advogado Gabriel Cesarino Vasconcelos de Abreu. Tão próximo, o destino fedia, a mulher discou o número no telefone preto.

A BELEZA ULTRAJADA

Era mentira, mas ele resolve não dirigir o Chevrolet Sedan. Hesitando se pega ou não o Colt, manda a secretária chamar Evilásio Foz. Depois, digno e solene, oculta na cinta o revólver e abotoa o jaquetão de linho checo. Três da tarde, o calor embaça o pensamento, ele vê no espelho do hall a legítima defesa da honra. Calmo como um defunto, dispensa o motorista de praça na esquina da Baixada, saindo sem pagar pela corrida. Pálido, despede-se de Evilásio e conta vinte passos até o sobrado. O doutor entreabre o portão sem raspar as dobradiças e fecha-o silenciosamente. Apenas no caramanchão em forma de coreto, ao lado do cipreste, ele desabotoa o linho checo. Contornando o sobrado, pisa sobre um capacho de fibra de coco e segue por um arco de heras entre os dois pilares de chapiscão cinza. Era mentira, ele sobe a escada com a esperança vigilante e o ciúme de seis balas. Era mentira, ele começa a morrer não só com a nudez, mas com o desprezo de Isabela, a sua irritação ante a presença inoportuna e súbita do marido. *Ela estava no seu direito e gritava isso pelos poros e pela beleza ultrajada.* O homem não se despira totalmente e retomava os seus panos escuros. Atordoado, Gabriel Cesarino disse, o senhor? Chorando, disparou quatro vezes contra a mulher, o homem se distanciava para alargar o leque do alvo. Trocaram tiros, o doutor tentou arrastar-se até a cama, parou no tapete, o homem teve tempo de quebrar na testa a aba do chapéu.

LOCUS DELICTI

O cabo Gileno Soares, da Força Pública, pardo e de braguilha lotada, separava nabos no tabuleiro próximo à porta de aço. De longe, reconhecendo Evilásio no ponto de parada, acenou a esmo e exibiu os dentes. O Alonso da Quitanda embrulhava para o cabo o fumo de corda, de Tietê, melado e forte. Ouviram os tiros. Foi no sobrado, testemunhou Neide de chinelos e palpitações. Veio correndo do fundo do botequim, prestativa e ofegante, agora estava na rua. Vi uma centelha na janela. Embora de folga e com cerveja nas veias, o cabo Gileno Soares atravessou a Floriano e saltou o muro pelo jardim do vizinho. A mão no coldre, ele entrou na casa.

Entrou no meio dum sonho. A mulher repousava num lençol vermelho e o atraía pelo desamparo. A braguilha repleta, ele tropeçou no doutor. O corpo no tapete não o desviou da sagração de seus desejos. Estava louco e lúcido como um deus. Tão branco o despudor da carne, na cama, ele se ajoelhou bem junto aos pés da mulher, ainda sem tocá-los, ele pensou em trancar a porta à chave e apalpar com o suor das mãos o resto da tepidez que lentamente se despedia. Chegou a roçar o bigode numa perna quando o Alonso da Quitanda surgiu no quarto.

— Cabo Gileno.

— Mas o que é isso? — acordou a custo. — Fora daqui — e levantou-se.

Evilásio Foz e o mecânico Erich Sauer apareceram na porta. Depois, misericordiosa e sôfrega, Neide Simões.

— Nossa Senhora das Dores — ela disse com devoção e humanidade. Devota das alfaias e dos estofos, deslumbrada pelos frascos e pelos potes, ela murmurou uma jaculatória eficaz.

— Uma invasão — gritou o cabo Gileno Soares e sacou o SW-38. Vozes desencontradas avolumavam-se no alpendre e no vestíbulo. Civis subiam a escada.

— Guarde a arma, cabo.

— Como policial, eu tenho o dever de preservar o locus delicti — ele roncou sob o nariz lívido e grosso.

— Saiam todos destes aposentos e fechem a porta.

— Guarde a arma — insistiu o Alonso da Quitanda.

— A autoridade tem direito ao uso de seu revólver — e o cabo logo reconheceu Orestes Gobesso. — Para trás — intimou sob o repentino frio da vergonha e do medo.

Orestes caminhou para Isabela e cobriu-a com a sua angústia. Minha filha. O irmão de Orestes, Matias Gobesso, apertou o punho do cabo Gileno Soares como o faria um alicate. Dobrou o antebraço da lei para baixo. Se você não precisa mais dos bagos, atire. O cabo deixou-se desarmar. Não quero que violem a cena do crime, ele gemeu. Matias empurrou-o até a escada e lançou-o pelos degraus. Rolando como um tonel, acabou por enroscar-se entre as pernas de outros desobedientes.

Matias Gobesso lembrava o pai, Fernando, ainda que mais alto. Lacônico e sóbrio, ele deixara o SW com o Alonso da Quitanda, vinha pela escada com a mão no bolso e o rosto definido. Sentia nojo e o expressava sem risco, pisando os degraus com uma leveza atlética. Aquele Gobesso, confiante e solitário, logo ao entrar no quarto compreendeu o sentido do desastre e como resolvê-lo no mercado da dúvida. Com a calma que antecede a ferocidade e a agressão, acercou-se do cabo Gileno Soares e antes de ajudá-lo a erguer-se, veladamente, mas preciso e rápido, enfiou-lhe na boca cinco pelegas de quinhentos. Minha sobrinha e o marido morreram num assalto, ele insinuou ao ouvido da autoridade. Imagine, disse a garçonete da Bodega dos Gringos, o cabo Gileno desmaia quando vê sangue. Reconhecendo no portão o delegado Pereira Botelho, o cabo transferiu o dinheiro da boca para o forro da túnica.

AS TRÊS VERSÕES DA VERDADE

Orestes Gobesso teria ensandecido? Dando pontapés no guarda-roupa, arrancou do cabide um capote marrom, de gola de pele, e escondendo a nudez de Isabela, a ternura desequilibrada e quase feroz, agora arrasta o corpo às cegas pelo corredor. A tragédia assombra as paredes, incomoda as portas e estala sob o telhado. Uma senhora imponente, de pulseiras e cabelos fofos, só podia ser uma Vasconcelos de Abreu, tenta reanimar Gabriel.

Afastaram-se à passagem de Matias pelo vestíbulo, ele procurou Dante Vendramini para contar a verdade. Estão mortos, ele não disfarçou os soluços. *Estão feridos*, interveio Dante e vestiu o paletó. Empurrando Matias no rumo da porta, ligou para Aleixo. *Gravemente feridos*. Sem demora, a sirena impondo-se pelos becos e ladeiras de Santana Velha, uma ambulância estacionou defronte do sobrado dos Vasconcelos de Abreu. Enquanto Dante localizava o delegado Pereira Botelho para neutralizá-lo, eles jogavam pôquer no Clube 24 de Maio, enfermeiros transportaram Isabela e Gabriel para a Santa Casa, sob a consternação dos invasores de domicílio e curiosos. Pensei que estivessem mortos. Deus suscita e ressuscita, advertiu Evilásio Foz. Aleixo, de estetoscópio e luvas, orientando o trânsito das macas, cobrava presteza. Orestes Gobesso entrou na ambulância. Tudo conduz a um latrocínio, recuperou a voz alta o cabo Gileno. Circulando essa versão, ali, os italianos interpelaram o destino e sua preferência pelo absurdo; já os brasileiros, mais comprometidos com a história e a política, bradaram contra os poderes constituídos. Inutilizaram o cenário do evento, voltou-se Pereira Botelho contra o cabo.

— Você não foi o primeiro a chegar?

— Mas não pude impedir a comoção do povo, doutor.

Dante Vendramini:

— Ninguém conseguiria. Já me informaram que o cabo agiu com coragem e senso de dever.

Com a vinda dum contingente da Força Pública, e do investigador Montanaro, modesto e taciturno, resguardou-se o que a comoção do povo deixara intacto para a polícia. Uns Vasconcelos de Abreu vieram de Sorocaba e de São Paulo. Foram encaminhados para o necrotério.

Pereira Botelho, de terno de linho branco e charuto, riscou o fósforo. O tamanho do delegado, uns cem quilos, os pelos no dorso dos dedos e as pálpebras descaídas, sugeriam lentidão no raciocínio e uma inteligência tarda. Ele sempre se aproveitou desse disfarce. Descansou pesadamente a mão no ombro de Montanaro.

— Pode começar, rapaz.

— Há manchas de sangue numa árvore do quintal. São bem visíveis. O agressor fugiu pelo muro e desapareceu no pátio de manobras da ferrovia, ou nos armazéns. A equipe já está lá fazendo perguntas.

Dante despediu-se.

— Pereira, eu sigo para a Santa Casa.

— Leve os meus votos de pronto restabelecimento para os defuntos.

— Por que o sarcasmo? — Dante acreditava na dialética do riso e na inocência oportuna. Conduziu o delegado até a janela da sala e esperou que Montanaro se afastasse pela escada. — Ladrão armado, ou homicida fútil ou torpe, latrocínio ou acidente da honra, por que abandonar à lascívia ou à perícia criminal um corpo nu, morto e vilipendiado? A malha da lei apanhou as vítimas. Apanhará também o agressor? E se isso acontecer, ele será fotografado nu e com legendas?

Pereira ofereceu a Dante um charuto.

— Você não advoga para os pobres.

Dante recusou polidamente.

— Dos mendigos a Rockfeller, todos recebem da vida o que merecem. Você por exemplo já merece uma promoção para São Paulo. O secretário da justiça foi meu colega de turma nas Arcadas.

Através da janela, o delegado quebrou a cinza do charuto no gramado. Tinha dentes fortes e mostrou-os.

— Serei promovido até o fim do ano.

— Nunca se eu puder evitar.

— Acomode-se. Vamos analisar este crime.

Não que fossem íntimos. Além do pôquer, difamavam as raquetes no Tênis Clube duas vezes por semana. Com habilidade, exercitavam-se na ironia acadêmica. Brandamente, Pereira obrigou Dante a sentar-se no sofá.

— Não sei ainda se ser filho de Jonas Vendramini seria agravante ou condição de maior punibilidade.

— Tenho suportado a dúvida.

— Conversemos mais um pouco. Você tem pressa de juntar-se aos defuntos?

— Nenhuma, em ambas as hipóteses.

Pereira Botelho, escolhendo um cadeirão sólido, com almofadas e pequenas toalhas de crochê, apagou o charuto numa das cavas do cinzeiro. Apresentou a Dante algumas deduções.

— Investiguei durante uma hora — disse com severidade. — Gabriel Cesarino não tinha arma em casa. Saiu do escritório com um Colt 32. Não veio dirigindo o seu carro. Parecia transtornado ou desatento. Não só chamou um motorista de praça, Evilásio Foz, como pediu que ele parasse a uma distância de trinta metros do sobrado. Esqueceu-se de pagar a corrida. A mulher estava nua no quarto. Quase furtivamente, o marido empurrou o portão. Seria isso o prólogo dum latrocínio?

Dante:

— As deduções desse tipo sofrem dum vício redutor que a análise rejeita de imediato. Elas escondem a causa e o motivo de sua enunciação. Eu vou repetir as deduções, Pereira, sem excluir a causa e o motivo de cada uma. Gabriel não tinha arma em casa. Saiu do escritório com um Colt 32, velho e oxidado, que ele levaria ao armeiro Samuel Sanches para regulagem e limpeza. Não veio dirigindo o Chevrolet Sedan. Gabriel já avisara Erich Sauer sobre os amortecedores do carro, estavam defeituosos, e o radiador com vazamento. Transtornado? Desatento? Eram três horas da tarde, o escritório não exigia a sua presença, e ele, um marido apaixonado, com os sentimentos dilatados pelo verão, buscou os braços de sua mulher. Era costume de Isabela andar nua pelo sobrado. Eu também estaria pálido e trêmulo. Deixar para depois o pagamento duma corrida é irrelevante. Entrar furtivamente nos aposentos conjugais é romantismo. Um ladrão, vindo pelos fundos e invadindo a janela, eliminou covardemente uma família. Os Vasconcelos de Abreu já deram por falta dum baú com joias que vieram do Segundo Império. As declarações nesse sentido estarão prontas amanhã, Pereira. Nada nesta tragédia permite a nódoa da incerteza. Latrocínio típico.

Montanaro desceu a escada a tempo de reacender o charuto de Pereira Botelho. O delegado inclinou-se com a austera complacência do abdome. Olhou Dante.

— Apelarei para o palavrão?

— O vitupério carrega emoções e não argumentos.

Montanaro distanciou-se para revisar num bloco os dados da investigação. Pereira Barreto abriu os braços.

— Exatamente como você, Vendramini, eu posso

criar outras causas e outros motivos para as mesmas deduções.

— Mas por que um delegado faria isso? A polícia quer o deslinde dum crime. Qualquer que seja.

— A polícia quer a verdade.

— Desconfie da verdade que não tenha um mínimo de três versões.

O delegado espantou a fumaça. Ergueu-se.

— Sim. As três versões da verdade. A errada. A certa. A conveniente.

— Gosto de jogar pôquer com você — falou Vendramini. Saiu do sofá, e na pausa que se intercalou entre eles, muito breve e inominada, viu de relance não só na sombra, mas nos brilhos da sala e do conforto, o encanto maléfico da morte. — Vou agora ao hospital, Pereira. Não me prenda em flagrante. Sou o portador de seus votos.

O telefone do vestíbulo tocava seguidamente. Em pé, ao lado da mesa, um soldado tomava notas e desimpedia a linha com eficiência. Quando Dante se retirou, Montanaro aproximou-se do chefe, folheando o bloco. O doutor Gabriel disparou o Colt 32 seis vezes, disse. Quatro contra a mulher, duas na direção de outro alvo, onde estaria o desconhecido. O doutor lesionou a mulher duas vezes, disse. Atingiu o desconhecido uma vez, disse. Os projéteis perdidos, calibre 32, causaram danos na parede, na cama e num crucifixo, disse. O doutor foi morto com um único tiro no peito, disse.

Lacradas a porta e a janela do quarto, Pereira Botelho mandou fechar o casarão e escalou dois soldados para a guarda. Na calçada e nos portões da vizinhança, os retardatários da desgraça ainda debatiam, sustentavam a fé na honra do corno, mas isso não foi provado, deve ter sido uma tentativa de roubo, um assalto à mão armada, você quer dizer roubo de boceta, um assalto a pau armado, não seja grosseiro, eu?

Um pedinte abordou Pereira Botelho.

— Uma esmola.

Os polegares vasculhando o colete, o delegado extraiu do bolso o níquel da caridade.

— Deus lhe pague. Que o Senhor o cubra com o Manto Sagrado.

— Espero que as medidas coincidam... — e entrando no jipe da polícia, a cartucheira escapando pela barra da calça, Pereira Botelho cuspiu o charuto.

ORONTES JAVORSKI

Descendo a escadaria do Voss Sodré, Orso moveu o portão já fora do trinco, de dobradiças azeitadas e peso colonial. A tarde faiscava nas pedras do largo. Ele contornou o pilar e foi para a esquina da Rua Gorga, onde estacionara o Volks. Estava no horário. Mesmo que não estivesse, Orontes Javorski o esperaria na varanda, um cheiro de café na cozinha, ele na rede e com a Bíblia no colo. Dirigindo agora pela Praça Ferraz Viana, Orso contornou a Matriz e acenou para um grupo de alunos no Pireu's Boliche. Eles bebiam a Coca sacramental do verão. O calçamento terminava na São Camilo de Lellis, apenas um arruado. Um mamoeiro, muito alto, apontava para o ar parado da cidade. Mas vinha o trem de carga, ao longe, arrastando-se pelos vales do Peabiru. A poeira do Volks pousou nos podocarpos do Cemitério dos Escravos. Mais adiante era a casa do negro Fídias. Orso acelerou na estrada de terra, entre reboleiras de mamona e cercas de bambu.

O mormaço desalentava Conchal. Ameaça chuva na serra e Orso já passou pela porteira, parando nos pedriscos ao lado dos crótons. Sítio OJ. Uns cães, fiéis ao dono e ao instinto, latem na invernada e atrás do telheiro. O céu enegrece ao sul.

— Orontes Javorski — Orso roda a manivela do vidro e bate a porta. O polonês, no alpendre e consultando o tempo, gosta do humor *imperialista* de Orso, ruidoso e abraçador. Ele sobe pela escada, com um caderno espesso. Javorski diz boa-tarde no idioma leto. Sua mulher era da Letônia.

— Labdten — conduziu Orso para a sala e dobrou a rede no gancho da parede. — Quando o aguaceiro vem da Barra Grande sempre molha a varanda.

Ao sentar-se na poltrona de vime, notou o professor que o polonês se entregara resignadamente ao cansaço. Não era do calor abafado, nem dos negócios, porém da biografia das perdas humanas.

— Resolveu o caso dos arrendatários?

— Provoquei outros — ele esticou-se na espreguiçadeira. Dali podia fixar os olhos entre as duas janelas, na moldura oval e prateada dum retrato, o da mulher morta. Orso folheou o caderno, decidido a não perturbar o retiro daquele homem, Orontes Javorski, sensato na indiferença e comedido na tragédia. O professor mostrou um texto manuscrito no caderno. Javorski animou-se, e lendo, não contando com os óculos no bolso da camisa, imprimiu a unha do polegar em dois pontos da folha. Disse:

— Nada grave. Você cometeu um erro de concordância e um de regência verbal.

— Por Gregório — aborreceu-se Orso. — Ponha os óculos, Javorski.

— Quer correr o risco de que eu encontre outros? — ele riu. O riso de Orontes Javorski, muito raro e tímido, confundia-se com a amizade indefesa e o desamparo dos fatalistas. — O texto não saiu perfeito, ainda, mas não está longe disso. Orso estendeu a mão para o caderno. Javorski alisou o manuscrito.

— Siga as marcas da unha.

— Abutre.

— Use o singular e corte a preposição.

Cercava-os o rancor da tempestade. Percebia-se pelas vidraças, o vento arqueava os pinheiros para o norte, pássaros que perdessem a direção podiam morrer nos troncos e nos muros. Os dedos de Javorski esfriaram, ele encolheu-se na espreguiçadeira, se fechasse os olhos seria assaltado pela memória do medo, reagiu logo.

— Vou buscar o café. Antes, leia a Bíblia.

Caminharam até a cozinha, Orso com o *Genesis* sob os olhos. O professor leu articuladamente:

Iesākumā Dievs radīja debesis un zemi.

Bet zeme bija neiztaisita un tukša, un tumsa bija par dzilumiem, un Dieva Gars lidinajas par udeniem.

Un Dievs sacija: "Lai top gaisma." Un gaisma tapa.

Tirando o bule da chapa, Javorski interrompeu:

— Melhorou desde a última aula. Entretanto, você ainda lê como se as palavras do idioma leto não tivessem acento.

— Vou embora antes da chuva, Javorski — e Orso, indo à sala com a xícara e a *Bibele*, guardou o livro numa estante de pinho.

— Quinta-feira? — confirmou o polonês.

— Labdten. Ou seria boa-noite, ar labu nakti?

Diante da porta, Orontes Javorski deslocou o puxador do trinco.

— Não adiante o relógio da noite, rapaz. Ela chega por si.

CARTA

Meu caro Malavolta. Devolvo pelo Paulo de Tarso a pasta com as ficções de *A travessia*. Assinalei em cada texto o que me comoveu e não me permiti intervenções paternais. As novelas ainda não estão concatenadas a ponto de se reconhecer no conjunto um romance. Até agora, são trechos dum painel apenas idealizado. Mas você tem a noção da meta e do rumo: isso define o escritor sem isentá-lo de desviar-se da meta e confundir o caminho. Nenhuma arte existe sem aventura e risco.

Ao longo da travessia pelo Atlântico, os desgarrados, os expulsos, e entre eles um Casadei ancestral, também carregavam com os trastes a noção imprecisa de seus desejos e ambições, medo e esperança, nunca a certeza de que fundariam raízes.

A literatura dos imigrantes forja a sua linguagem no idioma a princípio estranho, e que se torna íntimo, evocando os sentimentos dos banidos, dos excedentes, dos expatriados. Isso exige outras referências de estilo e de crítica. Nada de manipulação barroca ou de desabafos fecais. Nesse âmbito, a raiva do escritor tem autoria indivisível e as emoções não fluem em nenhuma obra aberta. Desculpe, Malavolta. Escrevo na esplanada do Pireu's e o décimo chope me alaga as lembranças.

Não há prosa de ficção sem *narrativa rasante*. Acabo de reler isto em *A travessia*: "Ao sentar-se na poltrona de vime, notou o professor que o polonês se entregara resignadamente ao cansaço. Não era do calor abafado, nem dos negócios, porém da biografia das perdas humanas."

A *narrativa rasante* apenas colhe os movimentos da cena. Mas a literatura dos malditos, a saga da imigração, cobra do escritor o desnudamento da verdade, uma *narrativa dilacerante* onde de algum modo apareça Deus como o pseudônimo de nossa angústia. Este trecho:

"Cercava-os o rancor da tempestade. Percebia-se pelas vidraças, o vento arqueava os pinheiros para o norte, pássaros que perdessem a direção podiam morrer nos troncos e nos muros. Os dedos de Javorski esfriaram, ele encolheu-se na espreguiçadeira, se fechasse os olhos seria assaltado pela memória do medo, reagiu logo."

Será preciso insistir no significado desses pássaros na tormenta?

A avidez turva do cabo Gileno, ele sempre foi torpe e se desconhecia até que uma tentação, um deslumbramento a que ele se entrega sem resistência, desfigura todas as proibições. Fatalidade e sarcasmo, o oratório vazio de Isidro Garbe saiu duma frágil muda de goiabeira, plantada junto a um muro e regada por Neide Simões. Jamais será esse oratório um asilo de mentecaptos, mesmo quando ungidos pela beatitude ou pela santidade. Devassa e inocente, a morbidez de Isabela tem origem e percurso no sangue. Anos atrás, e portanto páginas atrás, Matilde Gobesso repeliu com nojo e um ódio vigoroso as carícias do pai: "...viúvo e bêbado, o sapateiro preferido dos clérigos de Palermo, com o tato delicado para cromos, pelicas e camurças, beliscou as coxas de Matilde por baixo da mesa, o beiço úmido e choroso, lamentando-se, tão longe o Brasil, um país de selvagens, bambina mia." A genética ata e desata os fios da tradição e dos bons costumes.

Malavolta, imagino que papel caberá a Roque Rocha nesse palco de dilacerações. Acabe logo com isso.

Orso

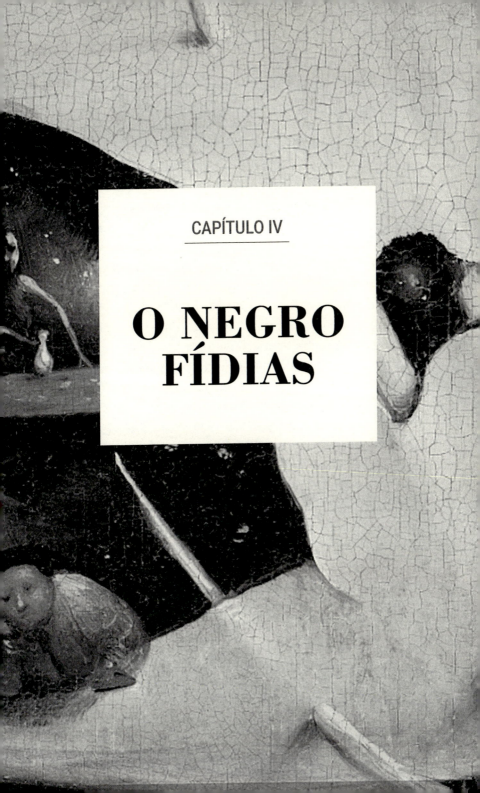

CAPÍTULO IV

O NEGRO FÍDIAS

Sentindo o cheiro do temporal, os raios dividiam o rangido com o da locomotiva a vapor, nas curvas da cordilheira, o negro Fídias trancou as tampas da casa, ao sul, e desceu para o galpão. A caminho do tanque de barro úmido, refinado e liso como cerâmica no forno, ele apanhou um rolo de arame. Estatuetas de seres viventes, homens e bichos, todos com alma e violência nítida no rosto e no gesto, alinhavam-se nas prateleiras. Enquanto andava, o negro Fídias desdobrou o arame no ar, e após torcer as amarrações com o giro das pontas, fez o esqueleto duma escultura de meio metro. Uma centelha gretou o céu sobre o canavial. Nada distraía o escultor. Ele mergulhou o emaranhado metálico na argila e passou a moldá-la contra a armação. O mormaço tornava a tarde viscosa e embaçada. Pelas mãos do negro, e sem vacilação, ele partejava o barreiro, nasceu uma deformidade ainda mole, poucos os pontos de agregação, minando daquilo uma água densa e avermelhada. Ele carregou o monstro para um retalho de granito, espesso, em cima da bancada, e a arte começou a construir-se por si, com humanidade e natureza. A massa transformou-se num homem de joelhos. No mesmo bloco, o negro Fídias acrescentou-lhe a corrente e a grilheta. Surgiram as feições, e elas mostraram o sofrimento. Era também um negro, e portanto um escravizado, áspera a sua nudez de feridas inscritas.

O vento iniciou a secagem do escravo na bancada. Não tendo parede o galpão, sombreava-o a copa duma gameleira. Agora ela assobiava. Seus galhos roçavam o zinco do telhado, e as folhas mortas, largas e murchas, cor de ocre, cobrindo o rego das vazantes, moviam-se no rumo da cerca. O piso era de terra socada. As tábuas entre os tanques, soltas, serviam de ponte quando chovia.

Estudando o tempo, o negro Fídias pegou o escravo pelo pedestal de granito. Saiu para o arruado e ganhou a estrada, após a placa da Barra Grande. A poeira erguia-se no dia escuro. Ao longe, e aos berros, mulheres previam calamidades contra os filhos e as roupas do varal. O escravo não estava seco, isso não importava, o escultor chegou ao cemitério antes da chuva.

Aproximou-se do Túmulo do Escravo Desconhecido e lá depositou a escultura. Esperou a chuva. Ela veio e o negro Fídias sentiu-a nos olhos e no peito, depois no sangue e na biografia dos ferimentos. Queria desmanchar-se em água, e que ela, com a força incoerente e cega das divindades o arrastasse para o nada. Queria dissolver-se na chuva, estalando a seu redor o clarão de seu ódio. Ele olhou a escultura. Despregando-se de si mesmo, o escravo se desfazia na tempestade. Rapidamente, o barro ia voltando ao barro, até que emergiu da massa o esqueleto, apenas um gesto de arame na chuva, sem nenhum sentido. Depois, escorrendo pelo retalho de granito, o sangue se infiltrou pelas rachaduras da campa e do chão. Era um sangue pastoso e intenso.

AS CULPAS ANTIGAS

Atílio fez que não me viu na missa das dez. Em torno da Catedral, a manhã fria e leve desculpava tudo. Experimentamos depois um tinto de Ivo Domene na casa de meu pai. O velho Atílio decepcionou-se comigo e com a antipsicanálise de Ariel Rettmann. Seu pessimismo acabou sitiando as minhas convicções, porém, consegui mantê-las. O tempo, sem se alterar, altera o mundo, eu disse. Não há catalisador mais seguro do que o tempo, eu disse. Não tente controlar a velocidade do tempo, ele caminha passo a passo, eu disse.

Os copos e as vozes das mulheres tilintavam na sala. Margarida achou graça no *reumatismo andante* de Bento Calônego. O grande Jonas, o patriarca injusto, reservava agora toda a simpatia para o filho mais velho de Leôncio. Coisa de ancião. Eu poderia associar esse sentimento tardio, esse apego emocional a um neto, aos surtos psicóticos de Bertrand Weiss, de Princeton, mas alcancei a tempo a bandeja dos salgados. Atílio disse:

— Pedro e Helena se casam em maio. Meu filho não se abre comigo. Eu não sei nada sobre o resultado do tratamento.

O silêncio de Pedro apenas significa que ele perdeu a confiança em você e em Maria Cecília. É um retraimento que até pode indicar a superação do trauma. Atílio, afrouxando a gravata da missa, repeliu o tinto e a travessa dos queijos. Disse:

— Se ele me confiou a doença, Aleixo, por que não me confia a cura?

Por distanciamento vingativo. Isso se corrige e você não deve tocar no assunto como doença. A medicina também atua com as pausas e as esperas. Não se esqueça de que a sua pressa, e a de sua mulher, talvez encubra a necessidade de purgar as culpas antigas. Vocês agiram com o pudor falsamente ofendido. Foram insensatos. Depois puseram uma pedra em cima sem se perguntar o que estava sendo sepultado.

Fui duro com Atílio Ferrari. Ele saiu com Calônego para o alpendre. Meu pai tem os olhos ao mesmo tempo azulados e escuros. Seus inimigos garantem que são cinzentos e, às vezes, cor de gelo. Beijo a sua mão e vou embora.

O PSICOPATA

Naquele sábado, apesar de muito cansado, arrumei o consultório e joguei na pia o resto do chá. Recompondo na caixa da Casa Gobesso a cremalheira e as hastes, mais parafusos, arruelas e porcas, guardei tudo isso no gavetão das amostras. O que faria com a cremona? O que faria com Roque Rocha? Voltei à copa para lavar o bule e os canecos de ágata, deixei-os no escorredor. Minha fadiga suplantava a fome. Molhei as têmporas e desmoronei na poltrona de couro preto. Meu irmão Dante gosta desse verbo, desmoronar, era o verbo da inocência em perigo e da esperança fugidia. Ele exigia de seus homicidas não só a cabeça baixa e a gravata do luto, mas também que desmoronassem diante dos juízes, essa versão patética dos deuses. À noite fui à casa de Dante. Partimos logo para a torre, deixando no pátio interno da casa a família com os seus laços e gritos. Não faltariam joelho esfolado para o choro e Coca-Cola para as manchas dos vestidos e dos tapetes. A lua atrás da torre, embora crescente, era uma sugestão gótica. Dante ocupou a giratória e eu o sofá dos sedutores e profanadores de sepulturas. Falei sobre Roque Rocha e seu comportamento patológico, expus sem rodeios a versão da vítima inconsciente, Pedro Ferrari.

— Já se passaram vinte anos — e Dante olhou na parede o retrato de Jonas Vendramini. — Esse Pedro era uma criança. O que o preocupa, doutor?

— A periculosidade de Roque.

— Teoricamente? Ou você aguarda alguma catástrofe?

— Não estou esperando nenhum desastre. Só não quero ser omisso e casual. A periculosidade do psicopata é sempre latente. A morbidez duma tendência, quando descoberta pelo médico, não pode ser desprezada nunca.

— Você não examinou Roque.

— Há diagnósticos à distância, sujeitos a confirmação. O testemunho de Pedro Ferrari, ainda que precário do ponto de vista jurídico, reminiscências sem garantia de autenticidade, revela um homem perigoso, Roque Rocha. Se ele tiver que converter a sua propensão para o mal num ato efetivo de maldade, a ética não o deterá.

Dante me interrompeu:

— Nisso o psicopata se iguala ao criminoso. Basta que você substitua a maldade por um delito.

Ruidosamente um prato se quebrou lá fora e uma voz indignada assegurou que não tinha importância. Eu insisti:

— Vejamos a sua opinião de criminalista.

— Advogado dos inocentes, por favor.

— Diante do relato de Pedro Ferrari, vinte anos depois, permaneceria intacto algum interesse penal na conduta de Roque?

— Não. E por dois motivos. A visão do acontecimento não transparece com clareza. E não tenho notícia de que o nosso Smerdiakov, nos últimos vinte anos, tenha manifestado reações perigosas de sociopatia. Você sabe de alguma coisa? Estupro? Posse sexual mediante fraude? Envenenamento? Remessa ilegal de lucros para a Suíça?

— Não.

— Pelo que tomaremos um White Horse.

— Obrigado, Dante — recusei.

— Aleixo, você não tem nenhuma periculosidade e isso me constrange: eu perco um cliente.

O LIVRO DE ESTER

Uma lenda de Conchal mostra o padre Remo Amalfi caminhando em meditação pelos campos de trigo além da ferrovia e a oeste do Turvo, nas terras de Juvêncio Martins. Forte e belo aos quarenta anos, os cabelos negros, acaba de tirar o chapéu de palha, o padre Remo provoca inquietações femininas, úmidos e solitários pecados que depois, no confessionário, ele absolve segundo os cânones. Alto, mais alto ainda pela sotaina, os pendões do trigal dobram-se a seus sapatos. Ninguém a não ser o padre no planalto cor de cobre. As rugas verticais sulcando a testa, entre os olhos, as hastes ondulando, o padre Remo não se preocupa com o suor das têmporas. Ester Varoli Tarrento anda pelo trigal da lenda. De longe os seus cabelos se confundem com as hastes. Ela não tem pressa, mas comprime contra os seios um álbum de partituras. Os sons do trigal compõem o silêncio. Ninguém a não ser Ester no planalto cor de cobre, além da ferrovia e a oeste do Turvo. A lenda ocupa o lugar da verdade não comprovada.

Sendo domingo, a missa já terminou, o velho padre

arrasta a bengala de açoita-cavalo pelo adro da igreja c observa a feira na Praça da Matriz. Muita gente entre as barracas. Vacilante, desce a escadaria bem junto ao corrimão. Cantam moda de viola e desafio. Indo para a casa paroquial, perde o rumo, não evita os fiéis e o milho cozido, até gosta de partilhar com os penitentes a bondade míope, a tolerância trôpega e a caridade hipertensa que a idade o fez acumular com a surdez e a cifose, Deus seja louvado.

Tão alto quanto o padre, o negro Fídias deita as figuras de barro no tabuleiro e protege-as com sacos de estopa. Antes que o padre se aproxime, levanta as alças da carriola e se afasta sem ruído. Ganhou algum dinheiro na feira. Já no galpão de sua casa, devolve as estatuetas às pranchas suspensas entre os pilares.

Despe a camisa e acerca-se do tanque da tabatinga, o barro branco. Canos de chumbo, o registro regulado para um filete moroso, às vezes uns pingos, conduzem a água para os tanques e evitam a condensação da argila. Com um pano seco, ele limpou o tampo da bancada. Depois, detidamente, aplicando uma pasta de barro no tampo, alisou-o e separou nas bordas três espátulas de madeira, de tamanhos diferentes. Sem armação de arame, atirou contra a bancada o volume exato da argila para uma estatueta de um palmo. Começou logo a modelagem. Toda arte é a arte de algum milagre. Com os dedos, e manipulando as espátulas para as feições e as curvas, o negro Fídias deu vida, desejo, crispação e esperança a Ester Varoli Tarrento. Em seguida, outro volume de barro jogado contra a bancada, agora com ironia vingativa, ele criou Remo Amalfi. Nus, o sexo sem a proibição de conclaves e cabidos, os corpos dividem o barro da origem, ainda molhados da descoberta de sua humanidade. Medo e tremor, as figuras de argila se torcem na bancada, sobre si mesmas, reinventando o afeto e suas rachaduras.

O negro Fídias deixa o galpão para lavar-se na torneira do pilar. Enxuga-se e veste a camisa. Ligando o rádio, senta-se num banco, a secagem demora um pouco. Então, retira os amantes da bancada, amassa-os e desfaz o milagre, devolvendo o barro ao tanque.

ADÉLIA CALÔNEGO

Ontem conversei com Adélia, filha de Bento Calônego, e sua primeira mulher, Alzira. A entrevista aconteceu na sala da biblioteca do Moura Campos. A aragem do Largo do Rosário se impunha entre as cortinas. Luterana numa colônia de católicos, escândalo de causas não reveladas, Adélia Calônego é diretora do Grupo Escolar e me recebeu sem cerimônia. Muito branca, e tendo herdado da mãe portuguesa uns bigodes, sempre gostou de Roque Rocha, não só quando garoto na Escola Rural de Monte Selvagem, também depois, "um bonito rapaz de poucas palavras", ela disse, "amargo, rebelde, atraente e ameaçador."

Muito cedo Roque Rocha percebeu a rejeição de que era vítima. Indefeso e confuso, fortaleceu-se na ética do confronto e da desconfiança. Adélia conta que Atílio e Maria Cecília tiveram três filhos: Pedro, Eugênia e Maria Pia. Ao casar-se com Atílio Ferrari, não desconhecia Maria Cecília a gravidez da "chacareira", ela espezinhava a Maria Adelaide Rocha, "aquela curandeira suja e ignorante", ela escarnecia, tolerando a custo que a criança fosse morar na fazenda, no galpão dos peões, mas só admitiu ter filhos dez anos depois, "para que não crescessem juntos os legítimos e o espúrio", ela nunca fez segredo de seus bofes aristocráticos. Estou dizendo alguma novidade, Aleixo? Vi pela janela, no espaço entre as cortinas, a Igreja de São Benedito. Uma vez, em Monte Selvagem, Maria Pia era uma criança de colo, Maria Cecília cuidava da menina no alpendre. Eu fechava a porta da escola. Eugênia rodeava a sede, montada num pônei salino, sem perigo, vagarosamente. Então, numa das voltas, observou Maria Cecília que Roque, saindo do pomar, interrompera a marcha do pônei para ajustar a sela. Ele acariciava as ancas do animal quando a mulher pegou um rebenque, largou a caçula no carrinho, não ouvi o que ela disse, o endereço da voz era Roque e a infâmia que ela transmitia o aterrorizou. Recuando, o rapaz caiu perto dum palanque, ergueu-se com elasticidade e ódio. Ele sumiu por um mês, Atílio o encontrou rondando os precipícios de Monte Selvagem. Toma um café, Aleixo?

Imaginei Maria Cecília com o rebenque pendendo ao longo da coxa, o passo calculado e firme, diminuindo a distância até o espúrio para injuriá-lo entre dentes. Eu podia avaliar o susto de Eugênia e de Adélia Calônego. *Chegava a ver Roque Rocha acuado contra o palanque e as farpas da cerca.* Maria Cecília Guimarães Ferrari, uma Olivia de Havilland que envelhecendo, rígida e insana, agora cheia de desprezo pelo mundo, visse a antiga ternura secar e desaparecer como se nunca tivesse existido.

Adélia ainda descreveu a caligrafia de Roque Rocha, os signos simulavam cortes pela ponta dum canivete afiado, talvez um entalhador fizesse isso, infelizmente não tinha nada para me mostrar. Jamais ele acompanhou com fé, ou entendimento, as orações na escola. Não consegui atraí-lo para o culto dominical. A não ser com cavalos, não fez nenhuma amizade. Espiava os irmãos de longe. Sem entusiasmo aparente, andava com os livros do curso, mesmo no galpão e na sela das mulas. Tomei o café.

Adélia acrescentou que Roque Rocha — até o incêndio do Espéria — frequentou ali o Centro Cultural e o Clube de Xadrez. Obrigado, Adélia. Por um momento, especulei sobre o sentido da agressão visceral de Olivia contra Anthony Perkins. O que Maria Cecília Guimarães Ferrari teria falado? Ocorreu-me, entretanto, o aviso muito sensato de Joseph Conrad: "As palavras, como todos sabem, são as grandes inimigas da realidade."

Durante uma semana a Santa Casa de Misericórdia me impediu de prosseguir nas investigações. Hoje pela manhã estive com o escritor Rocha Lima, no Centro Cultural, ele me facilitou o exame das fichas de leitura que sobreviveram ao incêndio. Foram mais do que suficientes para que eu, surpreso e abalado, retocasse o retrato singular dum *espúrio*.

Roque leu um pouco de Jorge, Rachel, Lins, Erico. Mas percorreu todo o Graciliano Ramos e os grandes romances de Machado de Assis. Pareceu apreciar Cronin, Maugham, Huxley. Porém, venceu todo o

Dostoiévski da José Olympio e retirou *Os irmãos Karamázovi* quatro vezes. Ilegível a data da ficha, tentou ler Marcel Proust, começou erradamente pelo terceiro volume, *O caminho de Guermantes*. Leu as Brontë, *O morro dos ventos uivantes* duas vezes.

Não seria um falso leitor, desses que se exibem com livros no barbeiro ou na feira. Os peões o temiam, e não só por ser o filho do dono. Talvez não se curvasse ao rigor do texto, saltando trechos e páginas inteiras. Mas ele absorveu pela releitura, isto me impressionava, *Os irmãos Karamázovi* e *O morro dos ventos uivantes*.

Roque Rocha, nascido na humilhação, endureceu-se na disciplina reptiliana de Smerdiakov. Logo trocou a vestimenta subalterna do bastardo, se é que a suportou sem queimar a pele, pela armadura do revide e da frieza, que Heathcliff, o cigano das ruas de Liverpool, assumiu ao odiar — odiar ao ponto da loucura — as ofensas do direito civil contra a orfandade.

Encerro o meu relatório com o apoio de pensamentos alheios. Um de Dante Vendramini: "Os ricos não fazem órfãos." Outro, só para permanecer no âmbito da família, de Hipócrates: "A vida é curta, a arte é longa, a ocasião fugidia, a experiência enganadora, o julgamento difícil."

BEPO CAMPOLONGO

A Rodoviária de Conchal continua no meio da praça, mas o Ciro agora é Ciro's. Movendo a alavanca do freio, Atílio Ferrari parou o Aero-Willys no posto da Texaco, além da bomba. Deixando as chaves no guichê, pediu que lavassem os vidros e enchessem o tanque. Uma balconista do Ciro's apareceu sob o toldo para admirar o carro vermelho. A chuva estragara no tapume o reclame do último rodeio, os rasgões soltando tiras. Fazia um pouco de frio na manhã clara. Motores rumorejavam, um radiador chiou, o ônibus de São Paulo saiu entre as marcas amarelas da sarjeta. Atílio, de calça cáqui e blusão de flanela, foi caminhando até a esquina, as mãos nos bolsos, ele parecia indeciso ao pisar as raízes duma seringueira que se expunham pelas gretas da calçada. Outra balconista surgiu na soleira do Ciro's, gorda e loura, o ar debochado, avaliando o que restava entre as pernas daquele velho.

— Eu ressuscito. Eu faço milagre.

— Cale a boca, Laura.

— Você tem visto o Pedro?

— Não.

— Nenhum homem presta. Pelo menos você pode ver o carro vermelho.

Atílio olhou o casarão na colina, isolado da cidade, decadente e sombrio, com o muro esverdeado e o quintal da horta e das mangueiras onde se iniciava a estrada da ponte. Havia o poial em ruínas e as primaveras cor de vinho no arco da porteira.

— Atílio Ferrari, acabei de coar o café — era Isidro numa das bancadas da serraria. Atílio atravessou a rua. Andaram por um corredor simulado entre as máquinas até a porta dos fundos. No galpão, zunia a serra elétrica. Encontraram junto ao fogareiro da copa o contador João, apoiado na bengala e espalhando xícaras. Isidro chamou Arlindo.

— Como vai, seu Atílio?

Sabiam o motivo da vinda de Atílio Ferrari a Conchal, e solidários, sem resvalar em machucados antigos, conversavam de modo a que as palavras subsistissem por si, sem memória e sem assunto. As frases se convertiam em interjeições de amizade e de conforto mútuo. Comovido, Atílio agradeceu o café e se despediu.

Ficou algum tempo na esquina da Gorga com o Largo da Matriz. Uma ladeira estreita, de pedras só no declive, Rua São Camilo de Lellis, levava até o outeiro e o casarão. Desviando-se, Atílio rumou para a Gorga. Bateu palmas no portão de ferro duma casa com varanda e gramado. Uma jovem senhora veio enxugando as mãos no avental.

— Seu Atílio. Imagino a alegria de meu pai.

Beijou-a na testa.

— Então?

Subindo a escada, contornaram o alpendre, ela fez um gesto resignado, queria acreditar no contentamento do pai ao sentir a presença de Atílio Ferrari, vasos de renda portuguesa e bromélia dominavam o gradil, ela cuidava de tudo, e já no pátio, antes do quiosque, acercaram-se dum velho que se estendia entre as mantas e as almofadas da invalidez, Bepo Campolongo no seu cadeirão de condenado, chegando por trás, e dando a volta, mais uma vez eu via os olhos vazios de Bepo, a imobilidade angustiante, depois as mãos sem esperança e a inércia da lucidez. Um derrame o levara antes da morte. Ele não reconhecia ninguém. Eu tomara café com Isidro Garbe, na serraria, não se preocupe comigo, vou ficar um pouco, tentei sorrir para a filha de Bepo Campolongo.

VÉU NEGRO

Sentiu na esquina um vento desavisado, desses que erram o caminho e logo se aquietam. O calçamento da Gorga não prosseguia pela São Camilo de Lellis, uns pedriscos se cravavam na descida do arruado até o outeiro. Atílio começou a andar no rumo da casa de Maria Adelaide Rocha. Já não pensava em Bepo Campolongo. Simplesmente não tinha nada na cabeça ou no peito. Nada o comovia. As lembranças, como se tivessem recuado para o seu inferno privado, não latejavam mais. Atravessando a ponte, ele foi tomando a esquerda e parou no poial. As primaveras cor de vinho recobriam o arco da porteira. Só o pequeno portão de ferro enferrujado estava aberto e Atílio entrou na antiga chácara dos Rocha. Umas mulheres de véu negro, trocando sustos e cochichos no gradil do alpendre, encararam Atílio Ferrari sem perdão. Foram saindo pelos fundos. Alguém correu para dentro da casa.

O frio do medo tocou-lhe a nuca. Ou seria o remorso? Adelaide, alta e descarnada, retorcendo as mãos fora do avental e impondo-as numa acusação artrítica, esperou-o no alto da escada. Firmou as pálpebras e certificou-se:

— Você, Atílio?

O GUERRILHEIRO

Santana Velha, 1964. Apenas de sobreaviso, mantendo porém a distância dum tiro, os peões da Santa Marta cercaram o paiol. Jonas Vendramini já conversara com o invasor, um vadio com títulos universitários da Sorbonne, ele disse isso, sandálias de frade, boina, jaqueta, calça de veludo cotelê, presumivelmente sem cueca: mais cabelo do que barba. Jonas entrou com o cantil e a mochila. Deixou a porta aberta.

— Quero que você desapareça de minhas terras amanhã, de madrugada, logo depois do café. Na mochila há uma tralha de peão, roupas de trabalhador, não estranhe, comida seca e algum dinheiro.

O homem, mediano e assustado, ainda jovem, pisou na palhada e interrogou Jonas com os olhos foscos.

— Espero que o senhor não me entregue aos militares.

— Minha fazenda é o meu país, e eu não assinei tratado de extradição com outro governo.

Era de lona marrom a mochila, bem gasta, e a água pesava no cantil de alumínio, com tirante de couro e forro de brim descorado. O homem lacrimejou ante o sol da porta.

— Ouvi falar de suas frases. Os latifundiários sempre se colocam acima dos movimentos sociais.

— Porque não são nômades... — cortou Jonas. — Qualquer mudança de regime político não passa duma troca da guarda entre ladrões.

Sorrindo, o fugitivo pareceu mais moço, agradeceu. Jonas disse:

— Não me agradeça. Apenas me devolva o dinheiro da mochila depois da anistia.

A boina descaiu, ele abotoou vagarosamente a jaqueta. Disse:

— Estarei longe de *seu país* ao anoitecer.

— E logo tornará com passaporte para algum ministério, ou um mandato, uma embaixada, uma diretoria, uma presidência, e naturalmente uma indenização. Não se preocupe, guerrilheiro. Chegará a sua vez de assaltar em nome da lei.

— O cinismo perverte a lucidez. O senhor desconhece o sentido e o alcance da política.

— O que eu sei me basta. Não volte a Santa Marta nem como presidente da República.

O ABISMO
PARTE 3

*O que não está na viola
não está no mundo.*
ALDO TARRENTO

*O demônio é a ira de Deus;
e o inferno, o teatro de sua fúria.*
ROQUE ROCHA

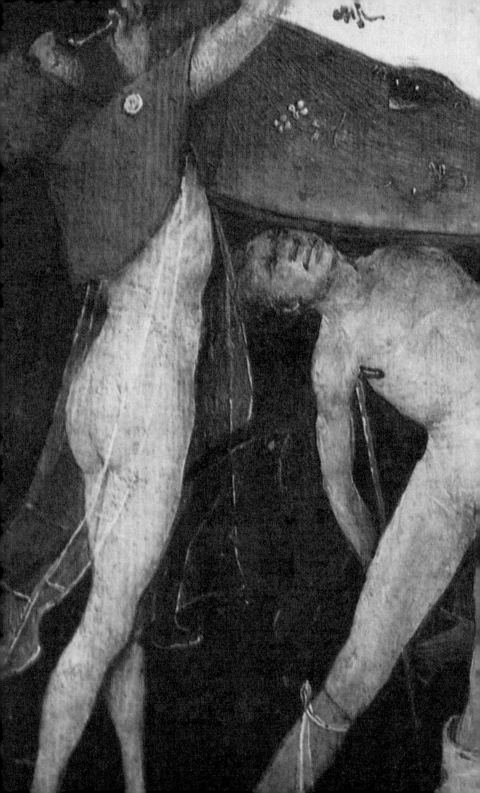

CAPÍTULO I

OS BALARIM

Santana Velha, 1939. Aclamações na cidade, volta a luz. Mangialardo e o grande Moscogliato carregam Balarim para a cama. Aqui tem homem, ele bateu a cabeça no batente da porta e uma tontura o confunde. Eu matei minha mulher. Com a ajuda das vizinhas, Ângela Canova Balarim arruma a casa, já não chora, elas juntam num saco a tralha espatifada pelo bêbado e levam para o barranco dos fundos essas lembranças ruins. Eu não estou bêbado. Você não matou Ângela. Pazzo. Os pequenos Balarim, José e Luís, ainda assustados, recolhem-se com os avós Canova no quarto do pomar. Venha você também, Ângela. Os Capobianco trazem uma chaleira fumegante, o aroma assemelha-se a incenso de igreja, seria mais seguro chamar um padre, isso parece coisa do demônio. Eu fico aqui, com o meu marido, decide-se Ângela. O luar se move no meio das brumas. Só depois, sozinha e no silêncio da hora, ela cuida de seus vergões. Um pouco de sangue secara entre os cabelos.

Muito pálido e de lábios roxos, Gino afastou a cortina da cozinha.

— Gino.

Desgrenhado, desabou de joelhos aos pés da mulher e agarrou-a pelas coxas.

— Pelo amor de Deus, Ângela. Me perdoe.

— Gino. Gino.

— Eu não posso mais olhar a sua cara. Não tenho mais nenhum direito de abraçar o José e o Luís. Seja maldito o dia em que pela primeira vez eu vi a luz.

— O que é isso, Gino? Vamos esquecer.

— Nunca. Eu não quero esquecer. Eu mereço a morte.

— Que bobagem. Acaso eu mereço ficar viúva?

— Meu Deus. Meu Deus.

— Me abrace, Gino. Eu dou a você o meu perdão.

— Vou morrer — e Gino Balarim empurrou Ângela para alcançar o gaveta dos facões. A mulher começou a gritar:

— Gino. Desgraçado. Que pecado deixar pelo caminho uma viúva e dois órfãos.

— Eu não mereço perdão — ele ergueu uma faca.

— Mas eu te perdoo, bandido — Ângela pendurou-se no braço do marido, lutou como uma loba, desarmou-o e clamou pelo retorno dos Canova. No quintal já estavam os Bruder, um Losi, o grande Moscogliato e Mangialardo.

— Outra vez, Gino?

Avançaram contra Gino Balarim a socos, até que Ângela, indo ao porão e retornando com uma vara de marmelo, fina e temível, agrediu a todos, *vivace e con fuoco*, vagabundos, *presto agitato*, com uma fúria que desmentia a sua delicadeza. Maledetti.

— Parem — berrou *grave e con brio*. — Fora daqui todos — voltou-se para o marido: — Já para casa — e surrou-o com a vara.

Cantabile, as calças caindo, Balarim esquivou-se.

— Certo, Ângela. Tenha calma, Ângela.

*

Permaneceram na varanda, um ao lado do outro, com as mãos no oscilante gradil de madeira: as mãos da velhice. Tinham Conchal defronte dos olhos, e além da ferrovia, na manhã inocente e calada, os canaviais e as chaminés da Barra Grande. Ninguém na rua. O paiol resistiu ao abandono. O vento conduzia o cheiro do melaço e do estrume. Vim por causa de Pedro, e Atílio não conteve o sofrimento. A voz de Adelaide veio de longe:

— Sempre os filhos.

Pedro se casa em maio, ele disse e ouviu o grunhido abafado da curandeira.

— Sempre os filhos.

Pelos cantos, corvejando em círculos, as unhas hostis e o olhar opaco, as mulheres de véu negro avaliavam inconfidências. Atílio percebeu o próprio suor. Não deveria ter vindo. Claro que Adelaide enlouquecera. A aragem, ainda desavisada e cúmplice dos loucos, rodopiou entre eles. As mulheres seguraram os véus que se alongavam na cabeça, em debandada. Atílio se inquieta, não posso fazer nada vergonhoso. Ele imagina velas, frangos mortos e setenta charutos. Rudemente, não controla as contrações do arrependimento e da sufocação. Apontando o queixo para a estrada da ponte, ele vê os caminhões dos usineiros. Depois, um cavaleiro solitário sugere o orgulho e o porte do jovem Aldo Tarrento. Vou embora.

— Escute, Atílio. Me traga uma fotografia do Pedrinho e da Helena. Só isso. Mas no dia 15 de maio, quando a cerimônia e a festa acabar, sele o Sirocco e me encontre no paiol. *Faça a mesma viagem de ontem.*

Me acorde com os cascos do cavalo nas pedras da rua. *Exatamente como você fez ontem.* Só isso. Numa janela do alpendre, nos degraus da escada, junto à porteira, no poço murado e na forquilha baixa do abacateiro, as mulheres de véu negro montavam guarda perto da casa, ao mesmo tempo vassalas e abuterinas. Adelaide, imponente e tosca, sujos os pés descalços, mostrou a gengiva.

— Sempre os filhos.

Um pouco trêmulo, Atílio Ferrari demorou para achar entre as divisões da carteira uma fotografia de Pedro e Helena. Era recente, estavam abraçados e, naquela tarde, em Monte Selvagem, passeavam ao longo das palmeiras-imperiais. Eu devia ter plantado pessegueiros, Adelaide.

*

Santana Velha, 1955. Gino Balarim estava na porta da Mercearia Santa Rosa, esperando o pianista Luís. O rapaz chegou e, contrariado, empilhando os métodos sob o balcão, ocupou diante do relógio o quiosque da caixa registradora. O mostrador o acusava. O pai lavou os copos com severidade e José saiu para o almoço de vinte minutos. De mogno envernizado e circundando o pilar central do salão, o quiosque era duplo. Ana Maria, a caçula dos Balarim, sempre lendo e agora se preparando para a Maria Antônia, já estava no outro guichê. José reapareceu em quinze minutos. Ana Maria riu, escovou os dentes?

Matias Gobesso encostou o furgão Chevrolet na guia da calçada. Bateu a porta e abriu a outra, por fora, para a sua irmã Josefina e o sobrinho, um garoto alto e com espinhas. Gino Balarim recebeu os Gobesso perto do quiosque, ciao, Matias, o abatimento desfigurava-os e impedia a aproximação e o consolo, ciao, Josefina. Como anda o Orestes? A demora é pouca, Gino. Josefina, grisalha e de cabeça pendida, apertou a mão de Gino para corrigir a dureza de Matias. Disse:

— Vamos pela última vez ao palacete dos Vasconcelos de Abreu. Ficamos de retirar hoje os objetos de Isabela.

Matias andava dum lado para outro. Disse:

— Roupas, quadros, joias, perfumes, pomadas, sapatos, cremes, tubos, chapéus, essas coisas que disfarçam a inutilidade dos ricos e dos vadios.

Atemorizados, espiando pela placa de vidro polido, o pianista Luís e a antropóloga Ana Maria Balarim testemunhavam a dor transeunte. Um empregado percorria a gôndola dos vinhos com o espanador e a flanela. Fregueses anônimos falavam com José. Lá fora, uma buzina de bicicleta, o entregador de pães de centeio veio com a caixa de papelão. Gino aproximou-se dos Gobesso. Disse:

— Tomem um café comigo. E você, uma Coca, rapaz.

Recusaram com polidez tensa. O rapaz assemelhava-se ao pai, gerente da Casa Gobesso por muito tempo, morrera num desastre de carro. Tinham o mesmo nome, Alberto, e a lentidão no gesto, o filho era desaprumado e cabeludo. Josefina disse:

— Ainda não almoçamos.

Matias:

— Não sei o trabalho que nos espera naquele castelo. Eu quero levar uma bandeja de misto frio e duas garrafas de água.

— Você ouviu, José?

O furgão de Matias Gobesso deslocou-se pelo trânsito da Riachuelo, entrou na Rua Amando de Barros até a Praça Coronel Moura, do Paratodos, e percorrendo a Baixada, beirando em ponto morto a sarjeta, estacionou antes do pontilhão.

Porém, com honestidade e presteza, os Vasconcelos de Abreu conseguiram antecipar-se à partilha. Como observou Matias ao entender-se com a mulher de Orestes, a tralha de Isabela estava na sala, arrumada em baús, malas, mochilas, caixotes e fronhas. Os quadros tinham sido retirados da parede. Só gostei de um, o retrato inacabado do doutor. Isabela pintou o paletó, o colete, o colarinho engomado, a gravata com o alfinete, os punhos da camisa, a aliança e o anel de grau, o bigode ridículo e o chapéu. Não pintou o doutor. *Não pintou o doutor*. Os entendidos juram que Isabela não teve tempo do concluir o quadro. Eu discordo. *Ela não pintou os dedos, mas teve tempo para os anéis*. Proponho uma teoria: *não falta nada ao retrato do doutor*. A pintora retratou a insignificância do marido. Dio mio, não compreendo Isabela. Mas compreendo o seu quadro.

Josefina espantou o pó e lavou os trapos num tanque azulejado. Comemos na cozinha. Eu e Alberto varremos o quintal e deixamos o latão na rua. De repente, um choro na sala de jantar, voltamos preocupados, Josefina ajoelhara-se no tapete.

— O que foi, Giú?

Ela mostrou a Matias a travessa de cristal de Murano. Rebrilhava vivamente como a esperança e a sua perda. Uma rara convergência de pingentes azuis e cor de água desprendia-se sob a luz tênue que a cristaleira sorvia da tarde. Movia-se. Viera da Itália com mil liras e uma arca.

— Guarde sempre com você, Giú.

*

No *Correio de Santana*:

"Uma das visões clássicas de Santana Velha são os portões do campo-santo. Forjados na serralheria de Wilhelm Ernest Eisenbach, e o ferro a ele se submetia com docilidade, os portões se colocam nos extremos duma alameda de duzentos metros: ela segue entre as quaresmeiras e as quadras exatas. Vistos de frente, não se confundem, a perspectiva os encaixa num estudo de arabescos e rendilhados. O primeiro se abre para o Cemitério da Saudade. O segundo, ao longe, para o Portal das Cruzes, a memória tumular dos fundadores. Os portões de Eisenbach estão abandonados. Faltam a pintura do ferro e a graxa dos gonzos. A quem responsabilizar no Paço Municipal? Certamente, a algum comunista. Ou a um pagão. Ou apenas a um carrapato orçamentário."

*

Sem tirar os óculos, Ângela Canova Balarim dobrava o *Correio de Santana* no quiosque, Giú parou na soleira, boa tarde, dona Ângela, a Ana Maria está? Adiantou-se com acanhamento. Alta e frágil, usava o casaco de julho. Ângela ergueu o tampo e empurrou a portinhola. Vá pela escada do depósito, Giú, atrás do balcão do José. Como ainda se esperava duma Gobesso, um ano depois, Giú sorriu veladamente. A Ana Maria se interessou em ver os quadros da Isabela, disse em voz baixa e se encaminhou entre as gôndolas. Os óculos de Ângela, escorregando pelo colo, esticaram os cordões na blusa e se enviesaram. Eu sei, Giú.

Foram a pé, a rajada de ar frio sempre as assaltava em cada esquina da Riachuelo. As telas estavam expostas nos fundos da loja, na curva dos degraus aéreos que conduziam aos escritórios da Casa Gobesso. Giú e Ana Maria passaram pela porta envidraçada do pátio.

— Cinco quadros. São só esses?

— Não... — disse Giú, e uma sombra tocou de leve o seu rosto. — Matias queria destruir dois que dependurei na minha sala.

— Destruir?

A sala de Giú era a última do corredor. Sempre gostei de Giú. Magra, seus dedos eram longos, ela ajustou as persianas e fixou em mim os olhos claros. Não se importava com o grisalho das têmporas. Antes da viuvez, e o retrato de Alberto Monteferrante aparecia sob o vidro da mesa de aço, ela dava aulas de matemática num cômodo do outro lado do pátio, com a lousa num cavalete e duas carteiras com inscrições a ponta de prego. Só com Giú aprendi sem tortura o trinômio do segundo grau. Arquivos e prateleiras de aço, livros contábeis, um ventilador no canto, as telas preenchiam o espaço entre as janelas. Muito tempo depois, como antropóloga, escrevi uma tese universitária sobre a arte e o crime, colhendo-os na mesma fonte do inferno perdido de onde fomos expulsos. Se no ato criminoso o destruidor imprime as digitais de sua insanidade, diante da arte o que nos subjuga verdadeiramente é a *insanidade como atributo essencial da criação*. Fiquemos nas tragédias gregas e nos crimes da realeza. Os furgões da Casa Gobesso manobravam no pátio. Para Matias, o *Retrato inacabado do doutor* estava pronto. Eu não disse nada a Giú, concordei com Matias, não com os seus motivos. A análise vive de critérios e não de dramas. Impressionava o senso de minúcia dum retrato onde faltava o retratado. O homem surpreendido no vácuo de si mesmo, o nada singular e patético, a insignificância sem redenção, mas com o contorno e os emblemas duma aristocracia equívoca. Demorei defronte do quadro até sentir o cheiro do chá-mate. Mais do que uma crítica, era um exercício de crueldade, ao mesmo tempo arte e destruição. O que você acha? Giú serviu o chá. Ainda estou na demonstração do teorema, eu disse e me concentrei na outra tela, um *Autorretrato com uniforme grená*. O rosto muito pálido, a insólita dureza dos olhos e dos lábios, o realismo da mão crispada, a pintora estampa-se como uma fera e o seu vestido grená, com plissados e botões metálicos, o uniforme do Instituto Santa Marcelina, está sujo, rasgado, desbotado e com um decote imodesto. Eu conheço a linguagem das freiras. Tomei o chá e não escondi o constrangimento. Giú afastou o torpor. Disse:

— Minha sobrinha era muito infeliz.

— Isabela afirmava isso a cada pincelada — eu comentei a contragosto. Não me ocorreu nada que fosse culto ou inteligente. — O que pensa o Rocha Lima? Ou o Pinheiro Machado?

— Dependesse de Matias, queimaria tudo, até o baú com os cadernos de esboços. Decidimos não mostrar os retratos a nenhum estranho.

— Obrigada — apertei as mãos de Giú entre as minhas. A aragem espalhava além das persianas os sentimentos de julho. Era o inverno, e portanto a tarde cinza sugeria um impulso para a reunião, para o afeto, mas Isabela fixou em mim o olhar neutro. Eu queria ir embora. Quase saltando do retrato, Isabela me desafiava, a nudez de seu colo me oprimia. — Vamos ver as outras telas... — eu disse. — Só você ocupa esta sala?

Giú:

— Eu fecho o escritório quando saio, e a faxineira não se interessa por pintura.

Tentamos rir. Saímos, ainda me voltei para Isabela a tempo de suportar a visão de seus seios inimigos. Giú encostou a porta. Disse casualmente:

— Eu coloquei os quadros na parede curva, guardando a mesma ordem em que estavam no *palacete*. Essa palavra, palacete, me irrita. São telas comportadas, a um passo da tradição acadêmica se não fosse um ou outro desvio da perspectiva, *um diálogo entre o tosco e o retocado*. Com essa série de cinco quadros, Ana Maria, minha sobrinha parece ter atingido um pouco de maturidade, nunca o bom senso, e se restringiu graças a Deus ao mundo da pintura, sem o escândalo de suas angústias e obsessões. Concorda? Trabalhava-se muito na Casa Gobesso. Um cheiro de couro, vindo da selaria, pairava ante as vitrinas internas, ferragem e instrumentos agrícolas, por onde desfilavam clientes e balconistas. Isabela gelou-me a nuca ao passar através de meu corpo, e parando na escada, imaculada no uniforme grená das marcelinas, agora com a queda e os fofos preservados a ferro, encarou-me com um sorriso e um enigma. Concorda?

— Concordo — respondi com veemência a Giú. Desci a escada e detive-me em cada quadro, já não tinha tanta pressa de me asilar em casa. *Janelas. Outeiro. Nascente. Aurora. Sacadas.* Uma voz, não a de Isabela, mas a de algum professor da Maria Antônia, ou a de meu demônio interior, sussurrou: "Procure sempre na tela o autorretrato."

Orestes Gobesso, acenando-me de longe, chamou Giú. Ela se desculpou comigo. Venha qualquer dia experimentar o meu pudim de arroz.

*

A janela de meu quarto abre-se para uma das travessas da Rua Riachuelo, a Marechal Deodoro. No pavimento de baixo, o pianista Luís interpreta um prelúdio de Bach. As luzes de cálcio brilham ao redor do Bosque, assombrando as alamedas e os bancos desertos. A noite anuncia uma geada. Não posso ter certeza sobre o talento de Isabela Gobesso, assim ela assinava os seus quadros, com excesso de tinta preta, escorrendo, porém estou datilografando nesta Olivetti algumas notas. "Procure sempre na tela o autorretrato." No quadro *Janelas* o que se vê é um sobrado colonial. A escuridão o envolve de desencanto e presságios turbulentos. Mas um incêndio arde por dentro da casa e as janelas emolduram o vigor do fogo. *Outeiro*, aqui se repete o sobrado, agora ao crepúsculo e no alto duma colina. A luz conivente e macia do luar alcança o portão, que está entreaberto. *Nascente*, uma densa floresta, mais simbolizada do que expressa num verde crestado. Entretanto, e minha memória ia sondando a tela, numa rachadura triangular, bem no centro, a água brotava duma espuma que se expandia em contornos indefinidos. Deus. Como Giú não viu isso? Como eu não vi? Era o corpo duma mulher nua. A artista obtivera o efeito pela gama do verde e pelos meandros da água e da espuma. Amanhã vou comprar parafusos na Casa Gobesso. O que me inquietava não era a nudez, mas o seu disfarce. Ri de minha inocência, fui para cozinha e tomei um pouco de leite. Luís tocava Mozart.

Espiando pela vidraça os sinais da geada, eu rolo

outra folha no carro da Olivetti. Enganava-se Giú, os quadros estavam longe de ser comportados. *Aurora*, com a ameaça avermelhada e roxa da violência, contaminando o horizonte, não mostrava o nascer do sol, e sim o seu aborto. *Sacadas*, e isso me instigava, outra vez o sobrado, mas numa visão barroca e urgente, desequilíbrios no gradil do balcão, a luz trocando de lugar com a sombra, o portão fechado. "Procure o autorretrato."

Eu encontrara através da memória o mórbido autorretrato de Isabela, não apenas na nudez sinuosa de seu corpo, porém no *sobrado*, ardendo em *Janelas*, entreabrindo o portão em *Outeiro*, seduzindo para a magia íntima de *Nascente*, acusando-se perante a *Aurora* e como penitência, trancando o portão no derradeiro quadro, *Sacadas*. Amanhã cedo vou rever as telas. Luís terminou os seus estudos. Entro no quarto de dona Ângela e de seu Gino, sem fazer barulho, peço a bênção e ajeito as cobertas. Assopro na orelha de meu pai, pare de fumar, seu Gino. Deus te abençoe, Ana Maria.

Ao me deitar, estremeci de frio e pavor. "Eu coloquei os quadros na parede curva, guardando a mesma ordem em que estavam no palacete", dissera Giú. No escuro do quarto e com o cobertor arrepanhado na boca, eu descobri que as iniciais dos títulos compunham um nome.

*

Revelação ou mentira, não dormi durante a noite, os pesadelos vinham de minha lucidez febril, a mente sob a ameaça do medo e da amargura. O que se faz com a angústia? Deixei a cama e olhei meu rosto no espelho. Nenhum mistério, graças a Deus. José estranhou que eu e não a mãe tivesse coado o café da madrugada. Um pouco alheia a tudo, sem conseguir ler nenhuma página de Max Weber, permaneci no quiosque até o horário do pianista Luís. Só os vadios descansam nas férias, sempre pontifica na cabeceira da mesa o meu pai. Apressando-me pela escada do depósito, entrei no quarto para escovar os cabelos. Eu queria rever os cinco quadros da parede curva, com ou sem a Giú. A manhã fundia-se aos vidros da janela, transparentes, provincianos, quase coloquiais. Dona Ângela Balarim cantava no tanque, *Non ti scordar di me*. Apanhei na escrivaninha um bloco de notas e saí para a Riachuelo.

Evitando o pátio onde se enfileiravam os furgões da Casa Gobesso, passei pela porta corrediça da loja. Um balconista espanava no tablado um trator vermelho, em exposição, o mais recente modelo da Massey Ferguson. Perguntei por Giú, ela não estava, continuei andando até os fundos e revi as telas. Difuso e para mim inútil, o ruído dos fregueses não me distraía. Nem Isabela me provocava mais. Entretanto, sua ausência me comovia e me imobilizava ante as cinco portas de seu limbo. Agora a claridade era um dom da manhã e não da tarde, como ontem, a perspectiva da pintura variava pelo câmbio da cor. Fiz girar a capa do bloco de notas e descrevi a sombra e as pulsões da luz em cada quadro. A tragédia retratava-se em todos. A minha memória não falhara. Dei as costas a Isabela Gobesso para nunca mais vê-la, e a seu segredo.

As aulas da Maria Antônia recomeçariam na segunda-feira. José preparou a Kombi no sábado e partimos no domingo pela manhã. Já não era julho, eu levava na bagagem Max Weber e um bolo de fubá com cascas de limão, José me deixou na porta da Liga das Senhoras Católicas. Juízo, ele me recomendou.

*

Férias de dezembro, eu tenho pesquisas de campo para enfrentar sozinha. Enquanto vendo cigarros no quiosque, estudo o *Traité de Sociologie*, Presses Universitaires de France, Paris, obra coletiva sob a direção de Georges Gurvitch. Despenteado, uma jaqueta de brim, o contorno aquilino e provocador, Paulo de Tarso Vaz Vendramini me pede um Lincoln. A barba de três dias sugere um escritor francês que emerge da cave para a luz da razão. Os traços definidos e belos desse rapaz me colocam na defensiva. Não perco tempo em manufaturar aversões e antipatias: mas prefiro ver os Vendramini de longe. Ele quer saber o que estou lendo. Faço o troco. Logo descubro que o escritor vem estudando piano com Luís. Como se não bastassem os onze mil pianistas de Santana Velha a difamar de manhã até a noite as oitavas de Arnoldo Sartorio e as escalas de Pischna, o neto de Jonas Vendramini agora comunica ao teclado o suor e a nicotina de seus dedos.

Ontem, pondo o bloco de notas na mochila, fui copiar algumas inscrições no Cemitério de Portal das Cruzes. Estava só e ouvia o tilintar das placas na aragem quente. Junto aos muros, os ciprestes não se curvavam para os mortos. Mas a vida, posta em sussurro e melancolia, imprimia-se no ar. As lápides marcavam a geografia do isolamento. Parei no portão do meio e encostei a testa no pilar. Certamente, o calor me induzia ao cansaço. Ao ajustar o tirante da mochila no ombro, um sobressalto me fez reconhecer o homem muito alto que surgiu a duzentos metros de distância, no portão da entrada, e caminhava devagar entre as quaresmeiras, na minha direção, de terno escuro e bengala. Aproximava-se com a imponência e a solenidade de sua lenda. "Não importa a revolução, eu só acredito no heroísmo dos cavalos", ele disse numa roda de políticos. A surpresa me paralisou. "Dispenso os políticos porque não tenho o hábito do suborno", ele disse ao recusar a homenagem duns patriotas. "A beleza da mulher se mede por alqueires", eu me lembrei dessa ofensa para reagir ao fascínio de Jonas Vendramini. Sob a proteção dos tumulos, cheguei a uma alameda de podocarpos. Eu descobriria agora a verdade sobre Isabela? Antes de rezar sobre os ossos de Maria Teresa Malheiros Vendramini, Jonas visitaria o jazigo dos Gobesso?

Entretanto, a mochila me pesava, ou me esmagava a consciência dos espiões, eu desisti da verdade e comecei a correr no rumo oposto ao de Jonas. Só respirei livremente na Avenida Dom Lúcio. Não me fazia falta a verdade. Há alguma coisa de torpe na verdade que se desvela pela emboscada. Uns vadios me avaliaram na calçada dum botequim, assobiando e atirando ao chão espinhas de peixe. A certeza radical não passa duma dúvida que se fossilizou. Agora os rapazes esfregavam o giz azul na ponteira dos tacos. Meu Deus, a salvação do mundo não estaria no resgate da dúvida? O sopro das imprecisões, a dissolução do dogma e da fé neurótica, a convivência da hesitação, tudo isso nos defende da imutabilidade e portanto da desesperança. Vou tomar uma Coca-Cola no Hot Dog Center. Com licença.

CAPÍTULO II

O CASAMENTO

Faz uma noite medieval lá fora. Estamos no Volga da Rua Doutor Costa Leite. Relevai, invejosos. Não nos julgueis com a severidade dos diáconos. Aquele jovem na mesa do canto, vago e despenteado, posto à direita de Orso Cremonesi, sou eu, Malavolta Casadei. O outro é o pecuarista Paulo de Tarso Vaz Vendramini. Acabamos de percorrer do colarinho ao fundo o décimo chope. A obscuridade da sala atrai pela vidraça a luz do letreiro, criando uma ilusão de vitral nesta igreja. Putas, fanadas putas, sentam conosco, borrando de batom o cigarro e o copo. Teresinha do Sobrado. Lô Urdes. Shelley Winters.

— Adoro bordel — confessa Orso. — Nasci num.

Então ela entrou, xotíssima, de microssaia e calcinha videbuça. E logo atrás o camerlengo, um anão calvo e redondo, de botas com franjas e guaiaca de crocodilo. Ela não concedeu nenhum olhar aos clérigos de nossa mesa, nem mesmo ao pecuarista. Que em cólera arrastou a cadeira no sagrado solo do Volga e intimou Orso a esclarecer a verdade about Virgínia Mayo, geografia, sob as penas do inferno e do falso testemunho. Orso, ao levantar-se, já não era Orso, e sim a reencarnação de Gregório de Matos.

Solavancos de ancas e furores,
fodelícias de cheiros traiçoeiros,
laboravas meu saco de pavores,
com o perdão da palavra, fodamores.

Tinhas a água salsa das veredas,

o sombrio das grutas e das gretas.
Petalavas o púbis estonteante
durante o meu tremor de fodamante.

O camerlengo enfiou os polegares na guaiaca e sorriu, superior. Seus talentos eram outros, mais sólidos e bancários. Orso regressou ao chope. Shelley Winters, ela rodava entre os dedos uma chave, confortou com uma coxa os calos de meu joelho, eu ainda era cristão, pôs na minha boca um beijo e no meu bolso a chave. Saímos para as bodas, não de sangue, mas de suor e saliva.

*

O cabo Gileno escolheu uma mulher que no escuro era loura. Só no corredor o militar disse como gostava, pagaria o dobro, não ia doer, não se preocupasse, porra. Ela foi escutando tudo com a atenção vesga e tonta das enaltecidas, por que decaídas? Deixando-se seduzir pelo dobro, caminhou à frente e sozinha para o quarto, lânguida de ancas e crotálica de cobiça. O cabo cumpriu a sentinela no vestíbulo por cinco minutos. Lívido, a braguilha empinada e as excreções a corromper por dentro o desejo e a farda, e a manchá-la abaixo do cinturão, ele empurrou a porta.

Entrou num sonho. Seres alados oravam guarânias e boleros. Em que escondido céu se exaltava a harpa paraguaia? A mulher repousava num cobertor marrom e o atraía pelo desamparo. Gileno Soares tropeçou na almofada morta no meio do quarto. Estava louco e cúpido como um deus. Tão branco o despudor da carne, na cama, ele se ajoelhou bem junto aos pés da mulher, cor de sangue as unhas. Nu e olímpico, não se esquecera de trancar a porta a ferrolho e à chave, fascinava-o o corpo inerte. Depois, um tango angelical sacudiu as entranhas de Gileno Soares. Deitando-se sobre a pele tenra de seu sonho, ele acariciou as marcas da cesariana e de três furúnculos.

*

A residência do Largo do Rosário ficou pronta para o casamento. Era o presente dos Galvão Ruiz para Helena e Pedro. Muros de pedra, altos, o recuo para o jardim com espelhos de água, e nos fundos os pinheiros que em quatro anos, um pouco menos, já formariam um bosque. Atílio importou para o filho e a nora um carro, um modelo esportivo de duas portas, da Mercedes-Benz. Não por causa disso, Pedro abraçou fortemente o pai. Maria Adelaide Rocha queimou incenso diante da fotografia. Estava descalça e em transe. As velas acesas agitavam na parede as sombras dos santos e dos orixás. Findas as encomendações, ela reverenciou os mistérios do altar, e com cuidados trêmulos, pegando o retrato entre as mãos postas, rumou para a cozinha. Encostou-o numa acha de lenha e juntou as brasas. Uma língua de fogo enlaçou os jovens e desnudou-os inteiramente. Contorcendo-se, o sexo intenso e ávido, eles se extinguiam no abraço mortal.

Um milagre atuava nos seus corpos, tão leves, e eles rolavam no ar, entre lençóis amarelos e vermelhos. Amaram-se até as cinzas. Cançonetas e buzinas no Largo do Rosário. Chuva de arroz. Amarraram latas no para-choque traseiro do Mercedes-Benz. Maria Adelaide Rocha borrifou água nas achas de lenha. Eles ainda estão trocando de roupa. Murmurando a reza das paixões, Adelaide interpretou o chiado e calou-se. Viajam logo para São Paulo. Antes de desamarrar as latas, deram um passeio triunfal pelo Largo do Rosário. Acima de tudo só Deus. Aos serviçais a limpeza e as sobras.

*

Eugênia e Maria Pia com os avós Guimarães, Atílio deixou Maria Cecília na João Passos. Sem dizer nada, ela saiu do Aero e segurou o chapéu contra o vento de maio. Irritada, puxou a bolsa bruscamente. Atílio viu-a empalidecer sob a luz da varanda, a elegância fatigada e pronta para a resignação. Demorou-se a olhá-la até que desaparecesse. Ela acendeu a lâmpada do quarto. Estavam mortos e nem o casamento do primeiro filho os alertava para isso. Talvez não caiba ressurreição na morte das emoções mais íntimas. O carro viera da Willys pela manhã e a cadência do motor fluía no compasso exato. Atílio rumou para Monte Selvagem.

Lá, e em silêncio, não queria acordar Maria da Penha, mudou o terno por vestes de montaria e retornou ao Aero. Dentro da fazenda, dirigindo sobre um leito de cascalho, ao sul, abriu e fechou a porteira, estacionou no galpão do estábulo. Já não existia o Sirocco. Atílio Ferrari poderia ter escolhido a égua Nevada, ou o Nero, ou o Tordo, mas por simetria afagou as crinas do Minuano, um rosilho de patas brancas. *Faça a mesma viagem de ontem.* Tinha aprumo, era bom de pisada e conhecia todos os caminhos capinados a casco que levavam às ribanceiras do Peixe e do Tietê. *Exatamente como você fez ontem.* Um relincho, ele escolhia o chão. Atílio trouxe-o da baia e selou-o. Partiram para Conchal a trote largo. Os rumores do mato se ampliavam na friagem. Resfolegando, o cavalo desceu a escarpa sem tropeçar nas lascas vulcânicas.

Uns cacos de lua à esquerda, Pedro diminuiu a marcha no trevo da Vila dos Lavradores. As luzes de cálcio boiavam na paisagem escura. Helena livrou-se das luvas e dobrou-as no bolso do casaco.

— Vamos entrar em Monte Selvagem?

— Vamos.

— Você deve ter esquecido alguma coisa lá.

Pedro disse:

— Não. Eu vou criar uma lembrança para não esquecer nunca.

Helena assustou-se.

— Não me parece muito certo.

— Pelo que não me parece muito errado — e o rapaz riu com inocência. Helena camuflou a inquietação, calçou uma luva e derrubou outra. Explicou seriamente:

— Eu não estou preparada para isso.

— E eu estou?

— Meu Deus — Helena desistiu de reencontrar a luva. — Imagino a Maria da Penha andando pela casa. Pedro desligou os faróis. Beijou o rosto de Helena.

— A velha Maria da Penha está surda e desconfio de que Deus esteja cego há muito tempo... — e o Mercedes-Benz já rodava pela alameda das palmeiras-imperiais. Repentinamente, vencida a capoeira, fosforescências no lançante despertavam a serrania: nada mais eram que os *cupins luminosos*: acendiam o mundo e maravilhavam quem visse. Ainda que súbito, foi o afeto e não a urgência que os enlaçou no quarto e desnudou-os inteiramente. Emitiam uma luz esverdeada para atrair as siriluias da estação. Piscavam na noite soberba. Contorcendo-se, o sexo pujante e intenso, eles se completaram no abraço imortal. Um milagre atuava nos seus corpos, e eles rolavam no ar, na cama, no assoalho onde amarfanhavam cobertores e tapetes. Porém, pela serra, o cavaleiro chegaria bem mais cedo. Olhou os patamares de basalto, traiçoeiros, chovera por aquelas canhadas, ele tinha sido musculoso e ágil, confiaria em si mesmo e no Minuano. Arrumaram a cama. Que vergonha. Tropeçando nas pedras, e elas despencaram por um desses cavados sinuosos do Peabiru, o cavalo esbarrou no penedo e derrubou Atílio, arrastando-o pelo estribo até a ponte do Turvo.

Helena:

— Ouvi um barulho.

— Maria da Penha prepara o nosso café.

— Nem clareou.

Pedro riu.

— Quando amanhecer vamos expor o lençol na janela.

O cavalo pisoteava Atílio: tanto sangue no caminho: ele morria antes de seu orgulho: o cavalo empinava e relinchava, ia socando os cascos e repartindo no capim a ossada e os miúdos.

— Um costume bárbaro — divertiu-se Helena. — Agora eu nem sei como enfrentar Maria da Penha.

— Enfrente só o bolo de fubá e o café preto.

A perna continuou presa no estribo e seguiu embora com o cavalo.

— Nem tirei a camisola da mala.

— Eu também não quis amassar o pijama.

— Um marido e tanto — acentuou Helena.

Pedro, após as abdominais, examinou o rosto diante do espelho. Disse:

— Devo fazer a barba?

Helena abriu o chuveiro.

— Não me incomodou em nada.

*

Creme e navalha, ao raspar a barba, um enjoo, Aleixo Vendramini sentiu a visão escurecer. Enfiou a cabeça debaixo da torneira, as têmporas latejavam, ele absorveu na nuca o consolo da água fria, terminou logo a barba e enxugando-se com um vigor que pretendia mais enérgico, deitou-se de costas na cama.

Ele começou a chorar. Era a estafa, e por isso ele não se conteve, o cansaço se desmancharia por si, naturalmente. Lídia saíra com as crianças para a escola. Lídia, por favor, avise a dona Vera, preciso desmarcar as consultas por três dias. Converse com o Losso na Santa Casa. Dio, a vocação para a medicina se constrói de decepções solitárias. *O meu destino é salvar a vida. Mas não foi isso que eu fiz com um amigo da família. No caso de Atílio Ferrari eu salvei um cadáver. Fui um escultor da anatomia.* Lídia, volte depressa. Veja se o Dante ainda está na torre. Não me lembro de ter lavado a navalha no banheiro.

Dante, eu não vi o Roque Rocha no enterro.

— Durma um pouco, Aleixo. Não se preocupe com esse idiota.

Mas você viu?

— O Roque não foi ao enterro nem à missa do sétimo dia. Ele me parece inofensivo, se fizer algum mal será contra ele mesmo. Não se perde nada. O imbecil, não só o Roque, não passa dum parasita da civilização. Ele gosta de assombrar a Eugênia e a Maria Pia, mas sempre de longe e sem risco para ninguém. Foge de Pedro e de Maria Cecília, imitando um escravo antes da surra. Só respeita a Maria da Penha e a Adélia Calônego.

E Pedro?

— Pedro, com a ajuda de Leôncio e de Bento Calônego, já assumiu os negócios da fazenda. Até escalou Roque e mais três peões para destocar umas terras em Vitoriana. Helena simplesmente amadureceu. As meninas ainda estão com os Guimarães, e a Maria Cecília ficou velha da noite para o dia. Para o Roque nada mudou.

Dante, não seja injusto com os esquizofrênicos.

— Não tolero gente que não precisa de advogado.

E o magno Jonas? Como anda?

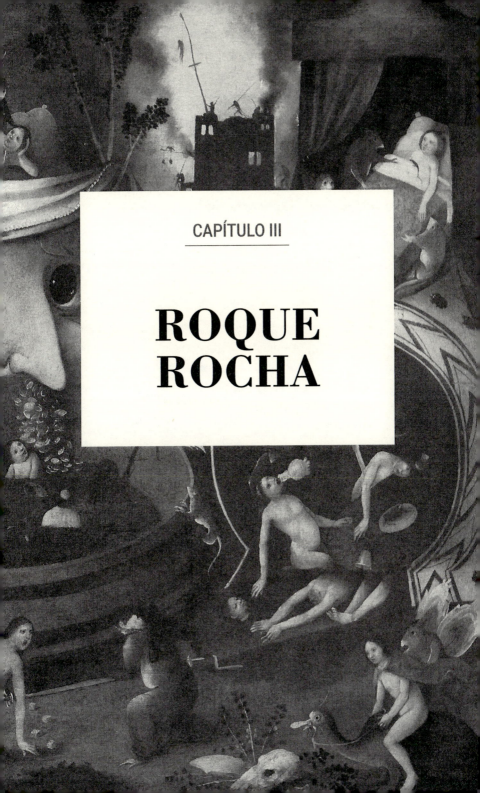

CAPÍTULO III

ROQUE ROCHA

Santana Velha, 1980. Morreu Jonas Vendramini. Logo que a notícia chegou a Conchal, o padre Remo pediu ao musculoso Fausto que tocasse os sinos da Matriz de Nossa Senhora das Dores. Tinha o padre Remo a mesma idade de Jonas, noventa anos, já não deixava a casa paroquial e não escutou os sinos. O padre Leonardo, ainda jovem, cuja teologia era tão precária quanto o seu latim, e só Deus sabe, a fé cristã, o auxiliava na paróquia. Ouvindo a notícia no rádio gago de Yoshioka Ide, o negro Fídias não interrompeu o café. Pagou e se afastou devagar, parando na soleira. Era junho, e na manhã de espaços limpos e plenos, o negro ofertou o rosto aos caprichos do ar. Andava agora pelo meio da estrada, as mãos para trás. Nada o incomodava ou aborrecia. Um galo índio, de pescoço pelado, bicou um piolho sob a asa. Mulheres se benziam junto às cercas. Chegando ao galpão, mais cego do que nunca, e surdo, o negro Fídias identificou pelo tato o que queria nas prateleiras, as estatuetas e as figuras de argila para o cortejo fúnebre de Jonas. Ele as espalhou na bancada e montou um dos mais belos desfiles que se possa extrair do barro humano. Duas parelhas de bois franqueiros, salinos, atavam-se ao carro onde ia o esquife. Logo atrás, parados em cada pedestal, mas deslocando-se pela audácia da arte, o único milagre que se permite ao homem, as estatuetas seguiam o cortejo, na multidão alguns anônimos, outros mortos, todos atingidos pelo silêncio que o chiar dos eixos aprofundava.

Uma abertura de ópera: na Catedral de Santana

Velha, acenam os sinos após os ofícios. A urna ocupa entre as coroas a mesa do carro de bois. Os cinegrafistas filmam a Praça Rubião e a Avenida Dom Lúcio numa tomada circular. Uma senhora desmaiou pesadamente na escadaria. Uns peões, pelo menos um deles bêbado, tentam romper o limite do isolamento. Esta é uma terra de pioneiros e desbravadores. Hoje a cidade se despede de Jonas Vendramini, um imigrante para quem *a sua fazenda era a sua nação*. Aquele povo, os rostos ou estúpidos ou risonhos, avança como uma enorme ameba. Observem os bois. As matrizes do gado franqueiro vieram nas caravelas do Descobrimento. Os grandes chifres nascem na horizontal e se torcem para o alto, em ângulo reto e ameaçador.

Move-se o pano. Um carro de bois carrega os restos de Jonas para o Cemitério da Saudade e de lá para o mausoléu da família no Portal das Cruzes. Estamos na Avenida Dom Lúcio. Agora o cortejo se aproxima da Igreja de São José. Ouçam os sinos. Berta, a viúva do serralheiro Wilhelm Ernest Eisenbach, estende no poial da janela uma colcha de retalhos. Há arranjos de flores na esplanada do Paella's, de Paco Aranega. Alguém ergueu um menino de berço, bem alto, para que ele visse a passagem dum homem de brio, e que um dia enfrentou um desses coronéis do ermo, *só boi manso lambe o sal da canga*. Já defronte do portão, retiraram o esquife, as alças da vanguarda eram por direito de Bento Calônego e de Ivo Domene, as do meio ficaram com Leôncio e Dante, e as da retaguarda com Aleixo e o juiz Paulo de Tarso Vaz Vendramini. De repente, junto ao portão de ferro, comoveu a todos a semelhança entre Roque Rocha e Atílio, morto quinze anos antes.

*

Não que Roque tivesse resolvido não ir ao enterro do pai, apenas não foi e isso nunca o perturbou. Não se perde tempo com bastardos. Na lida, nada o diferenciava dos peões. Solitário e rude, desprezava os boiadeiros e as suas façanhas. Dispensando a luz elétrica no seu quarto, mantinha-se fiel ao lampião a querosene e aos cadernos de capa mole, ou sem capa, cujas folhas ele riscava com desenhos e palavras. Depois, sem amassá-los, ele os enrolava fortemente para que coubessem nas guampas. Todas as figuras mostravam Eugênia a cavalo, as pernas esguias e nuas.

Adélia Calônego deixou a Escola Rural, Roque perdeu o atalho abstrato para o mundo da arte e do conhecimento, não abria o seu quarto para ninguém, a não ser a velha Maria da Penha, e ela sempre chegava com as brasas para o ferro, a compreensão tímida e o pudim de arroz que aprendera com os italianos. Sarcasmo da natureza, ao olhar-se no espelho da porta, um dia, grisalho e o gesto adunco, Roque Rocha encontrou-se com Atílio Ferrari. Sentiu que não precisava repudiá-lo. Morrendo em Santana Velha o bastardo Jonas Vendramini, Roque decidiu levar Atílio ao enterro. Não me agradeça por isso, pai.

Vamos embora. Você já disse adeus a Jonas. Porém,

um torpor na cabeça, um cheiro de abismo, a multidão conduzia Eugênia, ela atravessou o portão de ferro e Roque a reconheceu para perdê-la em seguida, tentou abrir caminho e foi barrado com brutalidade, Eugênia, ele gritou, caiu e ao ser pisoteado revidou furiosamente, Eugênia, *ela olhou por um momento Atílio Ferrari*, estava casada com um bastardo e Roque resgatou por inteiro o ódio contra o pai. Vamos sair daqui, maldito. Vamos embora, covarde. Eu sou uma multidão. Essa multidão não é a minha. Velho nojento e morto. Atílio e Roque chegaram a Monte Selvagem com o fim da tarde. Roque despiu-se, e com uma faca, ameaçando o pai, agrediu a parede a golpes regulares da ponta, como se quisesse expressar uma frase. Aninhou-se entre as peles de carneiro e dormiu.

Venha comigo. O orvalho já se dissipava no gramado, não a neblina sobre o Pardo, e nos fundões a manhã ainda resistia, escura e úmida. Espinhos, teias de aranha, cipós, folhas leitosas embaraçavam o rumo, e Atílio desaparecera. Tendo desbastado o mato com a faca, Roque sentou-se nu e suado na plataforma de pedra vulcânica. Esquecera-se de Atílio. Depois, ao acordar dum sono repentino e agitado, estava amarrado à corda e pendia sobre o vazio. Não pensava em nada. Apertava a faca na mão, e com as pernas em posição de impulso, medindo com todos os sentidos os mistérios do despenhadeiro, começou a esfiapar a corda umbilical. Pouco a pouco, ela se rompeu. Viver não é preciso. Nascer de novo é preciso. Vagina, leprosa vagina, me receba de volta.

*

No vigésimo chope, mais interessado nas corriqueiras xotas da Leni de Santana Velha, o Volga entrara em decadência, Orso Cremonesi desaprovou o desfecho de meu romance, tanto que propôs a *morte* de Atílio e a de Roque Rocha ao mesmo tempo, engalfinhando-se ambos na queda para o precipício. A vingança e a culpa se compensariam. Você eliminaria duma só cartada Hamlet e o fantasma do pai, ele disse. Depois, apontou *fissuras* na narrativa, acusando a *ditadura* das elipses e a *minúcia mesquinha* da descrição naturalista. Derrubando um copo no assoalho, ele sublinhou a lápis os vazamentos líricos do texto, a demagogia dos palavrões, o óbvio do diálogo e a surpresa do *modernismo arcaico*. Termine o romance com um poema. Gostei muito.

Abandonei *A travessia*. Aos quarenta e cinco anos já não usamos a blusa ao estilo Jean Sablon, as brincadeiras dançantes do Clube 24 de Maio fervem apenas na memória, deixamos de ser os descarnados Sinatra e Montgomery Clift. Hoje, compostos para o enterro de Jonas, grisalhos e com o Alfa Romeo na porta, ainda que com anel de grau e óculos escuros, Dio mio, reconhecemos a nossa mediocridade. Somos Marcello Mastroianni e Gassman, ainda não publicamos nada à altura do talento que um supunha no outro. Jonas disse: "O soldado, legalista ou revolucionário, que requisitar gado em minha fazenda, será sepultado na primeira pocilga, sem honras militares." Naturalmente, uma lenda. Porém, a lenda não elege os medíocres. "Não existe um regime militar. Atrás de cada quartelada atua um civil, sorrateiro e oportunista, alçando o culo para o poder e a glória das contas secretas." Mastroianni enterra o avô. Enquanto ele discursa, eu saio ao encontro de minha mulher, Bárbara Stanwyck. Andando pela Dom Lúcio até a rua onde estacionei o carro, penso em Ariel Rettmann e na tela vazia, mas assinada, que ele enviou a Freud e a recebeu de volta. Não somos nada, mas com assinatura. O quadro de Rettmann expõe a alegoria de nossa inútil identidade.

*

Maria da Penha, muito magra e trôpega, o contraste da pele enrugada e parda com os cabelos brancos, bateu medrosamente na porta do escritório. Pedro. Pedro. O que aconteceu? Pedro desceu pela escada dos fundos e entrou na antiga despensa. Roque Rocha escrevera na parede caiada: "Eugênia. O demônio é a ira de Deus; e o inferno, o teatro de sua fúria. Roque Rocha."

Pedro mandou retocar a filosofia e a parede, a cimento, a cal, e a segredo sobre outro desatino do irmão. Qualquer dia ele aparece. Limpem o cômodo.

*

Antigamente esta rua chamava-se Senhor dos

Passos e as casas da colônia, no Bairro Alto, baixas e de telhas francesas, desalinhavam-se entre mangueiras e sebes de pinhão-paraguaio. Tinham escavado a calçada no barranco. Nas esquinas, e no meio do quarteirão, andava-se entre tábuas que serviam de pontes. A lama se alastrava por baixo. Pela fotografia, que logo enfiei no bolso do blusão, reconheci a casa de meu avô. Pedi licença ao inquilino para entrar. Santana Velha, 1980. Entrei no Alfa Romeo para escapar ao bombardeio de 1924. O lançante da Senhor dos Passos, as casas acanhadas e amarelas, os postes de madeira, as sebes escondendo o abandono dos quintais, tudo perdia o aprumo e o contorno na fumaça. Ao redor, uma procissão louca. O pavor girava a esmo pela cidade. Ligando o motor e o ar-condicionado, soltei a trava do freio. Gritando pelo caminho, com trouxas e carriolas de ferro, os gringos da colônia corriam para a ponte do Lavapés. O Alfa Romeo em marcha lenta, eu odiava o preço que outros pagaram pelo meu conforto, reconheço na turba o meu pai, ele tem só dezessete anos. Descalço, muito alto e aturdido, vamos, não esmoreçam, ele orienta a fuga da família para o Seminário São José. Somos dez, fomos tropeçando pelos buracos da rua, balas de fuzis riscando o ar cinzento.

Apenas os pardais na manhã lavada e clara, estaciono o carro no Colégio Diocesano, antes do pórtico, sob o cipreste que me encobre a visão do pátio e do lago de pedra. De costas para os muros, devagar, como quem pisa o solo da memória, sigo para a Catedral. Desterrado, atônito e atingido pelos séculos, Deus ainda existe, mas só na Catedral de Santana Velha. Vou a seu encontro. Eu me ajoelho na capela, eu me curvo até ocultar o rosto contra os punhos.

Não esmoreça, Malavolta.

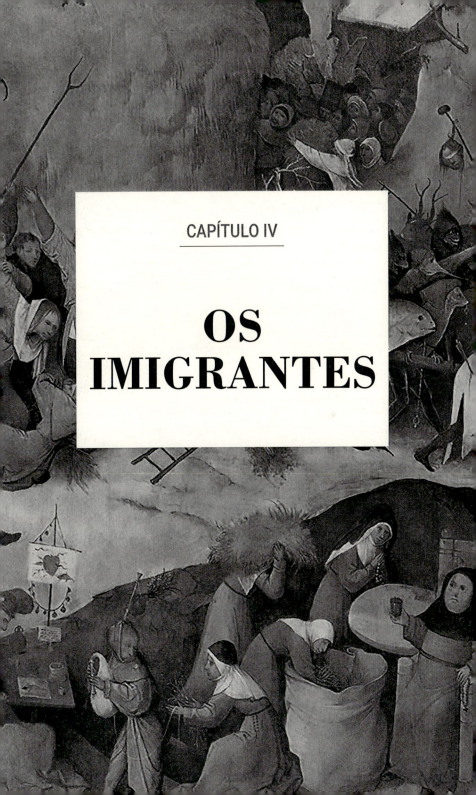

CAPÍTULO IV

OS IMIGRANTES

Não respire.
Este ar não mais lhe pertence.
Não toque o rosto nesta fonte
(não é a mesma água de ontem).

Atílio Ferrari. Isidro Garbe. Remo Amalfi. Fernando Gobesso. Matilde Campi Gobesso. Aldo Tarrento. Bento Calônego. Jonas Vendramini. Mirna Arcari. Karl Bruder. Walter Bruder.

Não morra.
Você não tem onde cair morto.
Não se esconda.
Você não tem de onde sair torto.

Ettore Mangialardo. Carlo Moscogliato. Xisto Varoli. Gino Balarim. Ângela Canova Balarim. Wilhelm Ernest Eisenbach. Manolo Morales. Bepo Campolongo. Luigi Capobianco. Johannes Bauer. Jekabs Inkis. Alberto Monteferrante.

Não cante no cais da espera.
Os que ficam estão surdos
(como o mármore e a hera).

Paco Aranega. Pietro Losi. Petrarca Lunardi. Gottfried Stoll. Ivo Domene. Orontes Javorski. Yoshioka Ide. Fídias de Jesus. Orlando Losso. Vic Milanesi. Guilherme Gori. Erich Sauer.

Não pise no chão.
Cada passo é uma invasão de limites.
Seus mortos são da terra.
Não são seus. Adeus.

Esta obra foi composta em Bookman Old Style e Robotto
e impressa em papel Pólen 90 g/m^2
para C Design Digital em outubro de 2022